N.°

De la Biblioteque de
M. le Duc de Brißac

13863. A.
B. A.

SAYDE

HISTOIRE
ESPAGNOLE;

PAR MONSIEVR
DE SEGRAIS.

AVEC VN TRAITTE'
de l'Origine des Romans,

Par MONSIEVR HVET.

A PARIS,

Chez CLAVDE BARBIN, au Palais,
fur le fecond Perron de la Sainte
Chappelle.

M. DC. LXX.

AVEC PRIVILEGE DV ROY.

LETTRE
·DE·
MONSIEVR HVET,
A MONSIEVR
DE SEGRAIS.

DE
L'ORIGINE DES ROMANS.

OSTRE curiosité est bien rai-
sonnable, & il sied bien de
vouloir sçavoir l'origine des
Romans à celuy qui entend si parfaite-
ment l'art de les faire. Mais je ne sçay,
Monsieur, s'il me sied bien aussi d'entreprendre de satisfaire vostre desir. Ie
suis sans Livres ; j'ay presentement la
teste remplie de toute autre chose; &
ie connois combien cette recherche est

embarraffante. Ce n'eft ny en Provence, ny en Efpagne, comme plufieurs le
croyent, qu'il faut efperer de trouver les
premiers commencemens de cét agreable amufement des honeftes pareffeux:
il faut les aller chercher dans des païs
plus éloignez , & dans l'antiquité la
plus reculée. Ie feray pourtant ce que
vous fouhaittez ; car comme noftre ancienne & eftroite amitié vous donne
droit de me demander toutes chofes ,
elle m'ofte auffi la liberté de vous rien
refufer.

Autrefois fous le nom de Romans on
comprenoit , non feulement ceux qui
eftoient écrits en Profe , mais plus fouvent encore ceux qui eftoient écrits en
Vers. Le Giraldi & le Pigna fon difci-
ple dans leurs traittez *De Romanzi* , n'en
reconnoiffent prefque point d'autres ,
& donnent le Boiardo, & l'Ariofte pour
modeles. Mais aujourd'huy l'ufage contraire à prévalu , & ce que l'on appelle
proprement Romans font des fictions
d'aventures amoureufes, écrites en Pro-

se avec art, pour le plaisir & l'instruction des Lecteurs. Ie dis des fictions,
pour les distinguer des Histoires veritables. J'ajouste, d'avantures amoureuses,
parce que l'amour doit estre le principal sujet du Roman. Il faut qu'elles
soient écrites en Prose, pour estre
conformes à l'usage de ce siecle. Il
faut qu'elles soient écrites avec art, &
sous de certaines regles ; autrement ce
sera un amas confus, sans ordre & sans
beauté. La fin principale des Romans,
ou du moins celle qui le doit estre, &
que se doivent proposer ceux qui les
composent, est l'instruction des Lecteurs, a qui il faut toûjours faire voir
la vertu couronnée ; & le vice chastié.
Mais comme l'esprit de l'homme est naturellement ennemy des enseignemens,
& que son amour propre le revolte contre les instructions, il le faut tromper
par l'appas du plaisir, & addoucir la
severité des preceptes par l'agrément
des exemples, & corriger ses défauts en
les condamnant dans un autre. Ainsi

le divertiſſement du Lecteur, que le Romancier habile ſemble ſe propoſer pour
but, n'eſt qu'une fin ſubordonnée à la
principale, qui eſt l'inſtruction de l'eſprit, & la correction des meurs : & les
Romans ſont plus ou moins reguliers,
ſelon qu'ils s'éloignent plus ou moins de
cette definition & de cette fin. C'eſt ſeulement de ceux-là que ie pretens vous
entretenir : & ie crois auſſi que c'eſt-là
que ſe borne voſtre curioſité.

Ie ne parle donc point icy des Romans en Vers, & moins encore des Poëmes Epiques, qui outre qu'ils ſont en
Vers, ont encore des differences eſſentiel-
les qui les diſtinguent des Romans : quoy
qu'ils ayent d'ailleurs un tres-grand rapport, & que ſuivant la maxime d'Ariſtote, qui enſeigne que le Poëte eſt
plus Poëte par les fictions qu'il invente,
que par les Vers qu'il compoſe, on
puiſſe mettre les faiſeurs de Romans au
nombre des Poëtes. Petrone dit que
les Poëmes doivent s'expliquer par de
grands détours, par le miniſtere des

Dieux, par des expreſſions libres & hardies, de ſorte qu'on les prenne plutoſt
pour des Oracles, qui partent d'un eſprit
plein de fureur, que pour une narration
exacte & fidele : les Romans ſont plus
ſimples, moins élevés, moins figurés
dans l'invention & dans l'expreſſion. Les
Poëmes ont plus du merveilleux, quoy
que toûjours vray-ſemblables : les Romans ont plus du vray-ſemblable, quoy
qu'ils ayent quelquefois du merveilleux.
Les Poëmes ſont plus reglés, & plus châ-
tiés dans l'ordonnance, & reçoivent
moins de matiere, d'evenemens, &
d'Epiſodes : les Romans en reçoivent davantage, parce qu'eſtant moins élevés
& moins figurés, ils ne tendent pas tant
l'eſprit, & le laiſſent en eſtat de ſe char-
ger d'un plus grand nombre de differentes idées. Enfin les Poëmes ont pour ſujet une action militaire ou politique, &
ne traittent l'amour que par occaſion:
les Romans au contraire ont l'amour
pour ſujet principal, & ne traittent la
politique & la guerre que par incident.

Ie parle des Romans reguliers , car la pluſpart des vieux Romans François, Italiens , & Eſpagnols ſont bien moins amoureux que militaires. C'eſt ce qui a fait croire à Giraldi que le nom de Roman vient d'un mot Grec qui ſignifie la force & la valeur; parce que ces Livres ne ſont faits que pour vanter la force & la valeur des Paladins; mais Giraldi s'eſt abuſé en cela, comme vous verrés dans la ſuite. Ie ne compreus point icy non plus ces Hiſtoires qui ſont reconnuës pour avoir beaucoup de fauſſetés, telles que ſont celle d'Herodote, qui pourtant en a bien moins que l'on ne croit, la Navigation d'Hannon , la vie d'Apollonius écrite par Philoſtrate , & pluſieurs ſemblables. Ces ouvrages ſont veritables gros, & faux ſeulement dans quelques parties : les Romans au contraire ſont veritables dans quelques parties, & faux dans le gros. Les uns ſont des veritez mélées de quelques fauſſetez, les autres ſont des fauſſetez mélées de quelques veritez. Ie veux dire que la verité

tient le deſſus dans ces Hiſtoires, &
que la fauſſeté prédomine tellement
dans les Romans, qu'ils peuvent meſme
eſtre entierement faux, & en gros & en
détail. Ariſtote enſeigne que la Tragedie dont l'argument eſt connû, & pris
dans l'Hiſtoire, eſt la plus parfaite : parce
qu'elle eſt plus vray-ſemblable que celle dont l'argument eſt nouveau, & entierement controuvé : & neantmoins il
ne condamne pas cette derniere. Sa raiſon eſt, qu'encore que l'argument d'une
Tragedie ſoit tiré de l'Hiſtoire, il eſt
pourtant ignoré de la pluſpart des Spectateurs, & nouveau à leur eſgard, &
que cependant il ne laiſſe pas de divertir
tout le monde. Il faut dire la meſme
choſe des Romans, avec cette diſtin-
ction toutefois, que la fiction totale de
l'argument eſt plus recevable dans les
Romans dont les Acteurs ſont de mediocre fortune, comme dans les Romans Comiques, que dans les grands
Romans dont les Princes & les Conque-
rans ſont les Acteurs, & dont les avan-

tures font illuftres & memorables : parce qu'il ne feroit pas vray-femblable
que de grands évenemens fuffent demeuré cachez au monde, & negligez
par les Hiftoriens : & la vray-femblance, qui ne fe trouve pas toûjours dans
l'Hiftoire, eft effentielle au Roman.
J'exclus auffi du nombre des Romans de certaines hiftoires entierement
controuvées & dans le tout & dans les
parties, mais inventées feulement au
défaut de la verité. Telles font les
origines imaginaires de la plufpart des
Nations, & mefme des plus barbares.
Telles font encore ces hiftoires fi groffierement fuppofées par le moine An-
nius de Viterbe, qui ont merité l'indi-
gnation ou le mépris de tous les Sça-
vans. Ie mets la mefme difference entre les Romans, & ces fortes d'ouvrages, qu'entre ceux qui par un artifice
innocent fe traveftiffent & fe mafquent
pour fe divertir en divertiffant les autres;
& ces fcelerats qui prenant le nom &
l'habit de gens morts ou abfens, vfur-

pent leur bien à la faveur de quelque reſſemblance. Enfin je mets auſſi les Fables hors de mon ſujet : car les Romans ſont des fictions de choſes qui ont pû eſtre , & qui n'ont point eſté : & les Fables ſont des fictions de choſes qui n'ont point eſté, & n'ont pû eſtre.

Apres eſtre convenus des ouvrages qui meritent proprement le nom de Romans, je dis que l'invention en eſt deuë aux Orientaux ; je veux dire aux Egyptiens, aux Arabes, aux Perſes, & aux Syriens. Vous l'avoüerez ſans doute quand je vous auray monſtré que la pluſpart des grands Romanciers de l'antiquité ſont ſortis de ces peuples. Clearque, qui avoit fait des livres d'Amour, eſtoit de Cilicie province voiſine de Syrie. Iamblique , qui a écrit les Avantures de Rhodanés & de Sinonis, eſtoit né de Parens Syriens, & fut élevé à Babylone. Héliodore auteur du Roman de Theagene & de Chariclée eſtoit d'Emeſe ville de Phenicie. Lucien, qui a écrit la Metamorphoſe de Lucius en

afne, eftoit de Samofate capitale de Co-
magene province de Syrie. Achillés
Tatius, qui nous a appris les Amours de
Clitophon & de Leucippe, eftoit d'A-
lexandrie d'Egypte. L'hiftoire fabuleufe
de Barlaam & de Iofaphat a efté compo-
fée par S. Iean de Damas capitale de
Syrie. Damafcius qui avoit fait quatre
livres de Fictions, non feulement in-
croyables, comme il les avoit intitulées,
mais mefme groffieres & éloignées de
toute vray-femblance, comme l'affuré
Photius, eftoit auffi de Damas. Des
trois Xenophons Romanciers dont parle Suidas, l'un eftoit d'Antioche de
Syrie, & l'autre de Chypre, ifle voifine
de la mefme contrée. De forte que tout
ce païs merite bien mieux d'eftre appellé
le païs des Fables, que la Grece, où elles
n'ont efté que tranfplantées, mais où
elles ont trouvé le terroir fi bon, qu'elles
y ont admirablement bien pris racine.

Auffi à peine eft-il croyable combien
tous ces peuples ont l'efprit poëtique,
inventif, & amateur des fictions ; tous

leurs difcours font figurez; ils ne s'expliquent que par allegories; leur Theologie, leur Philofophie, & principalement leur Politique, & leur Morale, font toutes enveloppées fous des fables & des paraboles.

Les Hieroglyphes des Egyptiens font voir à quel point cette nation eftoit myftericufe. Tout s'exprimoit chez eux par images; tout y eftoit déguifé; leur religion eftoit toute voilée; on ne la faifoit connoiftre aux profanes que fous le mafque des fables, & on ne levoit ce mafque que pour ceux qu'ils jugeoient dignes d'eftre initiez dans leurs myfteres. Herodote dit que les Grecs avoient pris d'eux leur Theologie Mythologique, & il rapporte des contes qu'il avoit appris des Preftres d'Egypte, & que tout credule & fabuleux qu'il eft luy mefme, il rapporte comme des fornettes. Ces fornettes ne laiffoient pas d'eftre agreables, & de toucher fort l'efprit curieux des Grecs, comme Heliodore le témoigne, gens

defireux d'aprendre , & amateurs des
nouveautés. Et ce fut fans doute de ces
Preftres que Pythagore & Platon , aux
voyages qu'il firent en Egypte , apprirent à traveftir leur Philofophie, & à la
cacher dans l'ombre des myfteres & des
déguifemens.

Pour les Arabes , fi vous confultez
leurs ouvrages, vous n'y trouverez que
metaphores tirées par les cheveux, que
fimilitudes , & que fictions. Leur Alcoran eft de cette forte. Mahomet dit
qu'il l'a fait ainfi , afin que les hommes puffent plus aifément l'apprendre,
& plus difficilement l'oublier. Ils ont
traduit les Fables d'Efope en leur langue , & quelques-uns d'entre eux en
ont compofé de femblables. Ce Locman fi renommé dans tout l'Orient n'é-
toit autre qu'Efope. Ses fables , que les
Arabes ont ramaffées en un volume
fort ample, luy acquirent tant d'eftime
parmy eux , que l'Alcoran vante fon
favoir dans un Chapitre qui pour cela eft intitulé du nom de Locman. Les

vies de leurs Patriarches, de leurs Pro-
phetes , & de leurs Apoſtres ſont toutes fabuleuſes. Ils ſont leurs delices de
la Poëſie , & c'eſt l'eſtude la plus ordinaire de leurs beaux eſprits. Cette inclination ne leur eſt pas nouvelle : elle
les poſſedoit meſme devant Mahomet ,
& ils ont des Poëmes de ce temps-là.
Erpenius aſſure que tout le reſte du
monde enſemble n'a point eu tant de
Poëtes que la ſeule Arabie. Ils en content ſoixante, qui ſont entr'eux comme
les Princes de la Poëſie , & qui ont de
grandes troupes de Poëtes ſous eux. Les
plus habiles ont traitté l'Amour en des
Eglogues, & quelques-uns de leurs Livres ſur cette matiere ont paſſé en Occi-
dent. Pluſieurs de leurs Califes n'ont pas
tenu la Poëſie indigne de leur application. Abdalla l'un d'entr'eux s'y ſignala,
& fiſt un livre de Similitudes , comme
rapporte Elmacin. C'eſt des Arabes, à mon
avis, que nous tenons l'art de rimer,
& ie vois aſſés d'apparence que les vers
Leonins ont eſté faits à l'exemple des

leurs : car il ne paroiſt point que les rimes euſſent cours dans l'Europe avant
l'entrée de Taric & de Muça en Eſpagne , & l'on en vid quantité dans les
ſiecles ſuivans ; quoy qu'il me fuſt aiſé
de vous faire voir d'ailleurs que les vers
rimez ne furent pas tout à fait inconnus
aux anciens Romains.

Les Perſes n'ont point cedé aux Arabes en l'art de mentir agreablement ;
car encore que le menſonge leur fuſt
autrefois fort odieux dans l'uſage de la
vie , & qu'ils ne défendiſſent rien à leurs
enfans avec tant de ſeverité ; neantmoins
il leur plaiſoit infiniment dans les livres
& dans le commerce des lettres ; ſi toutefois les fictions ſe doivent appeller
menſonges. Pour en tomber d'accord,
il ne faut que lire les avantures fabuleuſes de leur Legiſlateur Zoroaſtre.
Strabon dit que les maiſtres parmy eux
donnoient à leurs diſciples des preceptes
de morale enveloppés de fictions. Il dit
en un autre endroit que l'on n'adjoûte
pas beaucoup de foy aux anciennes Hiſtoires

ftoires des Perfes , des Medes , & des
Syriens , à caufe de l'inclination que
leurs efcrivains avoient à conter des fables : car voyant que ceux qui en efcri-
voient de profeſſion eſtoient en eſtime,
ils crurent qu'on prendroit plaifir à lire
des relations fauſſes & controuvées, ſi
elles eſtoient efcrites en forme d'hiſtoires. Les fables d'Efope ont eſté ſi fort
à leur gouſt, qu'ils ſe font approprié l'Au-
theur. C'eſt ce meſme Locman de l'Alcoran , dont je vous ay parlé, qui eſt ſi
renommé parmy tous les peuples du Lé-
vant, qu'ils ont voulu dérober à la Phry-
gie l'honneur de fa naiſſance , & fe l'attri-
buer : car les Arabes difent qu'il eſtoit
de la race des Ebreux, & les Perfes difent qu'il eſtoit Arabe noir, & qu'il paſ-
fa fa vie dans la ville de Cafvvin , qui
eſtoit l'Arſacie des anciens. D'autres
au contraire voyant que fa vie efcrite
par Mirkond a beaucoup de rapport avec
celle d'Efope , que Maximus Planudés nous a laiſſée , & ayant remarqué
que comme les Anges donnent la fa-

b

geffe à Locman dans Mirkond, Mercure donne la Fable à Efope dans Philoftrate, ils fe font perfuadez que les
Grecs avoient dérobé Locman aux O-
rientaux, & en avoient fait leur Efope.
Ce n'eft pas icy le lieu d'approfondir
cette queftion : je diray feulement en
paffant, qu'il faut fe fouvenir de ce que
dit Strabon, que les Hiftoires de ces
peuples d'Orient font pleines de menfonges, qu'ils font peu exacts & peu fi-
deles, & qu'il eft affez vray-femblable
qu'ils ont efté fabuleux en parlant de
l'Auteur & de l'origine des Fables,
comme en tout le refte ; que les Grecs
font plus diligents & de meilleure foy
dans la Chronologie & dans l'Hiftoire; &
que la conformité du Locman de Mirkond avec l'Efope de Planudés & de Philoftrate ne prouve pas davantage qu'-
Efope foit Locman, qu'elle prouve que
Locman foit Efope. Les Perfes ont
donné à Locman le furnom de Sage,
parce qu'en effet Efope a efté mis au
nombre des Sages : ils difent qu'il eftoit

profondement favant dans la Medeci-
ne , qu'il y trouva des fecrets admirables , & entre autres celuy de faire re-
vivre les morts. Ils ont fi bien glofé,
paraphrafé & augmenté fes Fables, qu'ils
en ont fait comme les Arabes un tres-
gros volume, dont on voit un exemplaire
dans la Bibliotheque du Vatican. Sa reputation a paffé jufques en Egypte & dans
la Nubie, où fon nom & fon favoir font
en grande veneration. Les Turcs d'aujourd'huy n'en font pas moins de cas, &
croyent, comme Mirkond , qu'il a vefcu du temps de David : enquoy, s'il eft
veritablement Efope, & s'il faut ajoûter
foy à la Chronologie Grecque, ils fe
trompent d'environ quatre cens cinquante ans : mais les Turcs n'y regar-
dent pas de fi prés. Cela conviendroit
mieux à Hefiode, qui fut contemporain
de Salomon , & à qui , fuivant le rapport de Quintilien , on doit la gloire
de la premiere invention de ces Fables,
que l'on a attribuée à Efope. Il n'y a
point de Poëtes qui efgalent les Per-

ſes en la licence qu'ils ſe donnent de
mentir dans les Vies de leurs Saints,
ſur l'origine de leur religion , & dans
leurs hiſtoires. Ils ont tellement dé-
figuré celles dont nous ſavons la verité par les relations des Grecs & des
Romains , qu'on ne les reconnoiſt pas.
Et meſme degenerant de cette loüable
averſion qu'ils avoient autrefois contre
ceux qui ſe ſervoient du menſonge
pour leurs intereſts, ils s'en font aujour-
d'huy un honneur. Ils aiment paſſion-
nément la Poëſie : c'eſt le divertiſſement
des grands & du peuple : le principal
manqueroit à un regale, ſi la poëſie y
manquoit. Auſſi tout y eſt plein de Poëtes, qui ſe font remarquer par leurs ha-
billemens extraordinaires. Leurs ouvrages de galanterie , & leurs hiſtoires a-
moureuſes ont eſté celebres , & décou-
vrent l'eſprit romancier de cette nation.

　　Les Indiens meſme voiſins des Perſes avoient l'eſprit porté comme eux
aux inventions fabuleuſes. Sandaber Indien avoit compoſé des Paraboles, qui

ont esté traduites par les Ebreux , &
que l'on trouve encore aujourd'huy dans
les Bibliotheques des curieux. Le Pere
Poussin Iesuite a joint à son Pachymere,
qu'il a fait imprimer depuis peu à Rome,
un Dialogue entre Absalom Roy des Indes, & un Gymnosophiste sur diverses
questions de Morale, où ce Philosophe ne
s'explique que par paraboles & par fables à la maniere d'Esope. La Preface
porte que ce Livre avoit esté composé
par les plus sages & les plus savans de
cette nation , & qu'il estoit soigneuse-
ment gardé dans le Tresor des Chartres
du Royaume ; que Perzoës, Medecin de
Chosroës Roy de Perse , le traduisit
d'Indien en Persan , un autre de Persan
en Arabe, & Symeon Sethi d'Arabe en
Grec. Ce Livre est si peu different des
Apologues qui portent le nom de l'Indien Pilpay, & qui ont paru en François
depuis quelques années , qu'on ne peut
pas douter qu'il n'en soit l'original ou la
copie : car on dit que ce Pilpay fut un
Bramin, qui eut part aux grandes affai-

res & au gouvernement de l'Estat des Indes sous le Roy Dabchelin ; qu'il ren-
ferma toute sa Politique & toute sa Morale dans ce livre qui fut conservé par les
Roys des Indes comme un tresor de sa-
gesse & d'erudition ; que la reputation de
ce Livre estant allée jusqu'à Nouchire-
von Roy de Perse, il en eut adroitement
une copie par le moyen de son Medecin
qui le traduisit en Persan ; que le Calife
Abujafar Almansor le fist traduire de
Persan en Arabe, & un autre d'Arabe en
Persan ; & qu'aprés toutes ces traductions
Persiennes on en fist encore une nouvelle, differente des precedentes, sur laquelle on a fait la Françoise. Certaine-
ment qui lira l'Histoire des pretendus
Patriarches des Indiens Brammon &
Bremavv, de leurs descendans, & de
leurs peuplades, ne cherchera point
d'autre preuve de l'amour de ce peuple
pour les fables. Ie croirois donc volon-
tiers que quand Horace a appellé fabuleux le fleuve Hydaspe, qui a sa source
dans la Perse, & son embouchure dans

les Indes, il a voulu dire qu'il commence & qu'il finit sa course parmy des peuples fort adonnez aux feintes & aux dé-
guisemens.

Ces feintes & ces paraboles que vous
avés veuës profanes dans les nations
dont je viens de vous parler, ont esté
sanctifiées dans la Syrie. Les Auteurs Sacrés s'accommodant à l'esprit des Juifs
s'en sont servis pour exprimer les inspi-
rations qu'ils recevoient du Ciel. L'E-
criture sainte est toute mystique, toute
allegorique, toute enigmatique. Les
Talmudistes ont crû que le livre de Job
n'est qu'une parabole de l'invention des
Ebreux. Ce livre, celuy de David, les
Proverbes, l'Ecclesiaste, le Cantique
des Cantiques, & tous les autres Cantiques sacrés sont des ouvrages poëti-
ques, pleins de figures, qui paroî-
troient hardies & violentes dans nos
écrits, & qui sont ordinaires dans ceux
de cette nation. Le livre des Proverbes
est autrement intitulé les Paraboles,
parce que les Proverbes de cette sorte,

b iiij

selon la definition de Quintilien, ne
font que des Fictions ou Paraboles en
racourcy. Le Cantique des Cantiques
eft une piece dramatique, ou les fentimens paffionnés de l'Epoux & de l'E-
poufe font exprimés d'une maniere fi
tendre & fi touchante, que nous en fe-
rions charmés, fi ces expreffions &
ces figures avoient un peu plus de
rapport avec nôtre genie ; ou que
nous puffions nous défaire de cette injufte préoccupation qui nous fait defap-
prouver tout ce qui s'éloigne tant foit
peu de nos meurs. En quoy nous nous
condamnons nous-mefmes, fans nous en
appercevoir ; puifque nôtre legereté ne
nous permet pas de perfeverer long-
temps dans les mefmes coûtumes. Nôtre
Seigneur luy-mefme ne donne prefque
point de preceptes aux Iuifs que fous le
voile des Paraboles. Le Talmud contient un milion de fables, toutes plus
impertinentes les unes que les autres:
plufieurs Rabbins les ont depuis expli-
quées, conciliées, ou ramaffées dans des

ouvrages particuliers , & ont composé
d'ailleurs beaucoup de Poësies, de Proverbes , & d'Apologues. Les Cypriots,
& les Ciliciens voisins de la Syrie ont
inventé de certaines fables qui portoient le nom de ces peuples : & l'habi-
tude que les Ciliciens en leur particulier avoient au mensonge a esté décriée
par un des plus anciens Proverbes qui
ayent eu cours dans la Grece. Enfin les
fables estoient en si grande vogue dans
toutes ces contrées , que parmy les As-
syriens & les Arabes , selon le témoignage de Lucien , il y avoit de certains
personnages , dont la seule profession
estoit d'expliquer les fables ; & ces gens
menoient une vie si reglée , qu'ils vi-
voient beaucoup plus long temps que
les autres hommes.

Mais il ne suffit pas d'avoir découvert
la source des Romans : il faut voir par
quels chemins ils se sont respandus dans
la Grece, & dans l'Italie ; & s'ils ont passé delà jusqu'à nous, ou si nous les tenons
d'ailleurs. Les Ioniens, peuple de l'Asie

mineure, s'estant eslevez à une grande
puissance, & ayant acquis beaucoup de
richesses, s'estoient plongez dans le luxe,
& dans les voluptez, compagnes inseparables de l'abondance. Cyrus les ayant
subjuguez par la prise de Cresus, & toute
l'Asie mineure estant tombée avec eux
sous la puissance des Perses, ils receurent
leurs meurs avec leurs loix, & meslant
leurs débauches à celles où leur inclination les avoit desia portez, ils devinrent
la plus voluptueuse nation du monde. Ils
raffinerent sur les plaisirs de la table; ils
y ajousterent les fleurs & les parfums; ils
trouverent de nouveaux ornemens pour
les bastimens; les laines les plus fines, &
les plus belles tapisseries du monde venoient de chez eux; ils furent auteurs
d'une dance lascive, que l'on nomma Io-
nique; & ils se signalerent si bien par leur
molesse, qu'elle passa en proverbe. Mais
entre eux les Milesiens l'emporterent en
la science des plaisirs, & en delicatesse in-
genieuse. Ce furent eux qui les premiers
apprirent des Perses l'art de faire les Ro-

mans, & y travaillerent si heureusement
que les Fables Milesiennes , c'est à dire
leurs Romans , pleines d'histoires amoureuses & de recits dissolus, furent en reputation. Il y a assez d'apparence que
les Romans avoient esté innocens jusqu'à
eux, & ne contenoient que des aventures
singulieres & memorables , qu'ils les cor-
rompirent les premiers , & les remplirent
de narrations lascives , & d'évenemens a-
moureux. Le temps a consumé tous ces
ouvrages , & à peine a-t-il conservé le
nom d'Aristide , le plus celebre de leurs
Romanciers, qui avoit escrit plusieurs livres de Fables , surnommées Milesiennes. Ie trouve qu'un Denys Milesien ,
qui vescut sous le premier Darius, avoit
escrit des histoires fabuleuses : mais n'é-
tant pas certain que ce ne fust point quelque compilation de fables anciennes , &
ne voyant pas assez de fondement pour
croire que ce fussent des Fables proprement appellées Milesiennes , je ne le mets
point au rang des faiseurs de Romans.
Les Ioniens , qui estoient sortis de l'At-

tique & du Peloponnese, se souvenoient
de leur origine, & entretenoient un grand
commerce avec les Grecs. Ils s'envoioient
reciproquement leurs enfans pour les dé-
païser, & leur faire apprendre les meurs
les uns des autres. Dans cette communi-
cation si frequente, la Grece qui estoit
assez portée aux Fables d'elle-mesme, apprist aisément des Ioniens l'art de com-
poser les Romans, & le cultiva avec succez. Mais pour ne point confondre les
choses, j'essayeray de rapporter selon
l'ordre du téps ceux des écrivains Grecs,
qui se sont signalez dans cét Art.

Ie n'en vois aucun devant Alexandre
le Grand : & cela me persuade que la
science Romanesque n'avoit pas fait de
grands progrez parmy les Grecs, avant
qu'ils l'eussent apprise des Perses mesme,
lors qu'ils les subjuguerent, & qu'ils eussent puisé à la source. Clearque de Soli
ville de Cilicie, qui vescut du temps d'A-
lexandre, & fut comme luy disciple d'A-
ristote, est le premier que ie trouve avoir
écrit des Livres d'amour. Encore ne sçais

je pas bien si ce n'estoit point un Recueil de plusieurs évenemens amoureux, tirez de l'Histoire ou de la Fable vulgaire, semblable à celuy que Parthenius fist depuis sous Auguste, & qui s'est conservé iusqu'à nous. Ce qui me donne ce soupçon, est une historiette qu'Athenée rapporte de luy, où sont racontées quelques marques d'estime & de passion que donna Gygés Roy de Lydie, a une courtisane qu'il aimoit.

Antonius Diogenés vescut peu de temps aprés Alexandre, selon la conjecture de Photius, & à l'imitation de l'Odyssée d'Homere, & des Voyages avantureux d'Vlysse, fist un veritable Roman des voyages & des amours de Dinias & de Dercyllis. Ce Roman bien que defectueux en plusieurs choses, & remply de fadaises, & de recits peu vray-semblables, & à peine excusables mesme dans un Poëte, se peut neantmoins appeller regulier. Photius en a mis un extrait dans sa Bibliotheque, & dit qu'il le croit la source de ce que Lucien, Lucius, Iamblique,

Achillés Tatius, Heliodore, & Damafcius, ont écrit en ce genre. Cependant il
adjoufte au mefme lieu, qu'Antonius
Diogenés fait mention d'un certain Antiphanés plus ancien que luy, qu'il dit avoir
écrit des Hiftoires prodigieufes femblá-
bles aux fiennes : de forte qu'il peut auffi
bien avoir fourny l'idée & la matiere à
ces Romanciers qu'il nomme, qu'Antonius Diogenés. Ie crois qu'il entend parler d'Antiphanés Poëte Comique, que
le Geographe Stephanus, & d'autres difent avoir fait un Livre de Relations in-
croyables, & mefme badines. Il eftoit de
Bergé, ville de Thrace, mais on ne fçait
point de quel pays eftoit Antonius Diogenés.

Ie ne puis vous dire precifément en
quel temps a vefcu Ariftide de Milet,
dont ie vous ay parlé. Ce qu'il y a d'affuré, c'eft qu'il a vefcu devant les Guerres
de Marius & de Sylla : car Sifenna Hifto-
rien Romain qui eftoit de ce temps-là, a
traduit fes Fables Milefiennes. Cét ouvrage eftoit plein de beaucoup d'obfceni-

ǔez, & fist pourtant depuis les delices des
Romains. De forte que le Surenas, ou
Lieutenant general de l'Eſtat des Par-
thes, qui défiſt l'armée Romaine commandée par Craſſus, les ayant trouvées
dans l'équipage de Roſcius, priſt de là
occaſion d'inſulter devant le Senat de Se-
leucie à la molleſſe des Romains, qui
meſme pendant la guerre ne pouvoient
ſe priver de ſemblables divertiſſemens.

Lucius de Patras, Lucien de Samoſa-
te, & Iamblique, furent à peu prés con-
temporains, & veſcurent ſous Antonin
& Marc Aurele. Le premier ne doit pas
eſtre conté parmy les Romanciers; car il
n'avoit fait qu'un Recueil de Metamor-
phoſes, & de changemens magiques
d'hommes en beſtes, & de beſtes en hommes, y allant à la bonne foy, & croyant
les choſes comme il les diſoit. Mais Lucien plus fin que luy, en a rapporté une
partie pour s'en mocquer, ſelon ſa coûtume, dans le Livre qu'il a intitulé l'Aſne
ou Lucius, pour marquer que cette fiction eſtoit priſe de luy. En effet c'eſt un

abregé des deux premiers Livres des Metamorphoses de Lucius, & cét échantillon
nous fait voir que Photius à eu raison de
se plaindre des saletez dont il estoit remply. Cét asne si ingenieux & si bien dres-
sé, dont ces Autheurs ont écrit l'histoire,
a quelque rapport avec un autre de pareil
merite, dont parle ailleurs le mesme
Photius apres Damascius. Il dit qu'il ap-
partenoit à un Grammairien nommé
Ammonius, & qu'il estoit doüé d'un si
gentil esprit, & tellement né pour les
belles choses, qu'il quittoit le boire & le
manger pour entendre reciter des Vers,
& se monstroit fort sensible aux beautez
de la Poësie. Le Brancaleoné est sans doute une copie de l'Asne de Lucien, ou de
celuy d'Apulée. C'est une fiction Italien-
ne fort divertissante & pleine d'esprit.
Lucien, outre son Lucius, a fait deux livres d'histoires grotesques & ridicules, &
qu'il donne pour telles, protestant d'a-
bord qu'elles ne sont jamais arrivées, &
n'ont pû arriver. Quelques-uns voyant
ces livres joints à celuy dans lequel il
                       donne

donne des preceptes pour bien écrire l'histoire, se sont persuadés qu'il avoit voulu donner un exemple de ce qu'il avoit enseigné. Mais il declare dés l'entrée de son ouvrage qu'il n'avoit point d'autre dessein que de se mocquer de tant de Poëtes, d'Historiens, & mesme de Philosophes, qui debitoient impunément des fables pour des verités, & écrivoient de fausses relations des païs estrangers, comme avoient fait Ctesias, & Iambulus. S'il est donc vray, comme l'assure Photius, que le Roman d'Antonius Diogenès a esté la source de ces deux livres de Lucien ; il faut entendre que Lucien a pris occasion de ce Roman, aussi bien que des Histoires fabuleuses de Ctesias & d'Iambulus, d'écrire les siennes, pour en faire voir l'impertinence & la vanité.

Ce fut dans ce mesme temps qu'Iamblique mît au jour ses Babyloniques. C'est ainsi qu'il a intitulé son Roman, dans lequel il a surpassé de bien loin ceux qui l'avoient precedé : car si l'on en peut juger par l'abregé que nous en a

C

laiſſé Photius, ſon deſſein ne comprend
qu'une action, reveſtuë d'ornemens con-
venables, & accompagnée d'Epiſodes
pris dans la matiere meſme. La vray-
ſemblance y eſt obſervée avec aſſés d'e-
xactitude, & les avantures y ſont mélées avec beaucoup de varieté & ſans
confuſion. Toutefois l'ordonnance de
ſon deſſein manque d'art. Il a ſuiuy groſ-
ſierement l'ordre des temps, & n'a pas
jetté d'abord le Lecteur, comme il le
pouvoit, dans le milieu du ſujet, ſuivant l'exemple qu'Homere en a laiſſé
dans ſon Odyſſée. Le temps a reſpecté
cét ouvrage, & on l'a vû dans la Bibliotheque de l'Eſcurial.

Heliodore l'a ſurpaſſé dans la diſpo-
ſition du ſujet, comme en tout le reſte.
Iuſqu'alors on n'avoit rien vû de mieux
entendu, ny de plus achevé dans l'art Romaneſque que les avantures de Theagene
& de Chariclée. Rien n'eſt plus chaſte
que leurs Amours; en quoy il paroiſt
qu'outre la Religion Chreſtienne dont
l'Auteur faiſoit profeſſion, ſa propre

vertu luy avoit donné cét air d'honefteté qui éclate dans tout l'ouvrage : &
en cela non feulement Iamblique, mais
mefme prefque tous les autres qui nous
font reftez, luy font beaucoup inferieurs.
Auffi fon merite l'éleva-t'il à la dignité
de l'Epifcopat. Il fut Evefque de Tricca
Ville de Theffalie, & Socrate rapporte
qu'il introduifit dans cette Province la
couftume de dépofer les Ecclefiaftiques,
qui ne s'abftenoient pas des femmes
qu'ils avoient époufées avant leur entrée
dans le Clergé. Tout cela me rend fort
fufpect, ce qu'ajoûte Nicephore, écri-
vain credule, peu judicieux, & peu
fidele, qu'un Synode Provincial voyant
le peril où la lecture de ce Roman, qui
eftoit autorifé par la dignité de fon Auteur, faifoit tomber les jeunes gens, &
luy ayant propofé cette alternative, ou
de confentir que fon ouvrage fût brûlé,
ou de fe défaire de fon Evefché, il ac-
cepta le dernier party. Ie ne puis au refte
affez m'étonner qu'un fauant homme de
cetemps, ait pû douter que ce livre fût

d'Heliodore Evefque de Tricca, aprés le
témoignage fi évident de Socrate, de
Photius, & de Nicephore. Quelques-uns
ont crû qu'il a vefcu fur la fin du deu-
xiéme fiecle, le confondant avec Heliodore Arabe, dont Philoftrate a écrit la
vie parmy celles des autres Sophiftes.
Mais on fçait qu'il a efté contemporain
d'Arcadius & d'Honorius. Auffi voyons-
nous que dans le dénombrement que
Photius a fait des Romanciers qu'il croit
avoir imité Antonius Diogenés, où il
les a nommés felon l'ordre des temps,
il a mis Heliodore aprés Iamblique, &
devant Damafcius qui vefcut du temps
de l'Empereur Iuftinien.

A ce conte Achillés Tatius qui a fait
un Roman regulier des Amours de Clitophon & de Leucippe, l'auroit precedé;
car c'eft le feul fondement que ie trouve pour conjecturer fon âge. D'autres le
jugent plus recent par le ftile. Quoy
qu'il en foit, il n'eft pas comparable à
Heliodore, ny en l'honefteté des meurs,
ny en la varieté des évenemens, ny en

l'artifice des dénouëmens. Son ſtile, a mon gré, eſt préferable à celuy d'Helio-dore : il eſt plus ſimple & plus naturel; l'autre eſt plus forcé. On dit qu'il fut enfin Chreſtien, & meſme Eveſque. Ie m'étonne qu'on pût ſi aiſément oublier l'obſcenité de ſon livre, & bien plus encore que l'Empereur Leon, ſurnom-mé le Philoſophe, en ait loüé la mode-ſtie par une Epigramme qui nous eſt demeurée,& ait permis,& meſme conſeil-lé de le lire d'un bout à l'autre à ceux qui font profeſſion d'aimer la chaſteté.

Ie mets icy peut-eſtre avec trop de har-dieſſe cét Athenagoras, ſous le nom du-quel on voit un Roman intitulé, *Du vray & parfait Amour.* Ce livre n'a jamais pa-ru qu'en François, de la traduction de Fu-mée, qui dit dans ſa Preface qu'il a eu l'original Grec de Monſieur de Lamané Protonotaire de Monſieur le Cardinal d'Armagnac,&qu'il ne l'avoit jamais veu ailleurs.I'oſerois quaſi adjouſter que per-ſonne ne l'a jamais veu depuis; car ſon nom n'a jamais paru, que ie ſache, dans

les liftes des Bibliotheques : & s'il
fubfifte encore, il faut qu'il foit caché
dans la pouffiere du cabinet de quelque
ignorant qui poffede ce trefor fans le favoir, ou de quelque envieux qui en peut
faire part au public fans le vouloir. Le
Traducteur dit enfuite qu'il le croit une
production de ce celebre Athenagoras qui
a efcrit vne Apologie pour la Religion
Chreftienne en forme de Legation, ad-
dreffee aux Empereurs Marc Aurele, &
Commode, & un traitté de la Refurre-
ction. Il fe fonde principalement fur le
ftile, qu'il trouve conforme à celuy de ces
ouvrages, & dont il a pû juger, ayant
les originaux en fon pouvoir. Et il le
prend enfin pour une veritable Hiftoire,
faute d'intelligence en l'art des Romans.
Pour moy, quoy que je n'en puiffe parler
avec affurance, n'ayant pas veu l'exemplaire Grec ; neantmoins fur la lecture
que j'ay faite de la traduction, je ne laif-
feray pas de vous dire que ce n'eft pas
fans apparence qu'il l'attribuë à Athenagoras auteur de l'Apologie. Voicy mes

raiſons. L'Apologiſte eſtoit Chreſtien:
celuy-cy parle de la Divinité d'une maniere qui ne peut convenir qu'à un
Chreſtien ; comme quand il fait dire aux
Preſtres d'Hammon qu'il n'y a qu'un
Dieu, dont chaque nation voulant repreſenter l'eſſence aux ſimples, a inventé diverſes Images, qui n'expriment
qu'une meſme choſe ; que leur veritable
ſignification s'eſtant perduë avec le
temps, le vulgaire avoit crû qu'il y avoit
autant de Dieux qu'on en voyoit d'Images ; que de là eſt venuë l'idolatrie ; que
Bacchus en bâtiſſant le Temple d'Hammon n'y miſt point d'autre Image que
celle de Dieu ; parce que comme il n'y
a qu'un Ciel qui n'enferme qu'un monde, il n'y a auſſi dans ce monde qu'un
Dieu qui ſe communique en eſprit. Il
en fait dire autant & davantage à de
certains marchands Egyptiens : ſavoir
que les Dieux de la fable marquent les
differentes actions de cette ſouveraine
& unique Divinité, qui eſt ſans commencement & ſans fin, & qu'il appelle

obscure & tenebreuse, parce qu'elle est invisible & incomprehensible. De plus les raisonnemens que font ces Prestres, & ces marchands sur l'essence divine, sont assez semblables à ceux d'Athenagoras dans sa Legation. Cét Apologiste estoit un Prestre d'Athenes ; celuy-cy estoit un Philosophe d'Athenes. L'un & l'autre paroist homme de bon sens & d'érudition, & savant dans l'antiquité. Mais d'un autre costé plusieurs choses peuvent faire soupçonner non seulement qu'il n'est pas l'Athenagoras Chrestien, mais mesme que cét ouvrage est supposé. Photius ayant parlé avec assés d'exactitude des faiseurs de Romans qui l'ont precedé, ne dit rien de celuy-cy : on n'en voit aucun exemplaire dans les Bibliotheques, & celuy mesme dont s'est servy le Traducteur n'a point paru depuis. D'ailleurs il represente la demeure, la vie, & la conduite des Prestres & des Religieuses d'Hammon, si semblable aux Convents & au gouvernement de nos Moines & de nos Religieu-

ſes , qu'elle s'accorde mal avec ce que
l'Hiſtoire nous apprend du temps où la
vie monaſtique a pris naiſſance , & où
elle s'eſt perfectionnée. Ce qui me paroiſt donc de plus vray-ſemblable dans
cette obſcurité , c'eſt que l'ouvrage eſt
ancien , mais plus nouveau que l'Apologie : car i'y vois un ſavoir ſi profond
dans les choſes de la nature & de l'art,
tant de connoiſſance des ſiecles paſſés,
tant de remarques curieuſes qui n'ont
point eſté priſes des anciens Auteurs qui
nous reſtent , mais qui s'y rapportent &
les éclairciſſent, tant d'expreſſions Grec-
ques que l'on apperçoit au travers de la
Traduction , & par deſſus tout un certain charactere d'antiquité qu'on ne peut
contrefaire , que je ne puis me perſua-
der que ce ſoit une production de Fu-
mée , dont la doctrine eſtoit mediocre,
ny meſme que les plus habiles de ſon
temps euſſent pû rien faire de ſemblable. Si Photius n'a rien dit de luy , combien d'autres grands & celebres Auteurs
ont-ils échappé à ſa connoiſſance, ou à

fa diligence ? Et fi dans nos jours il ne
s'en eft trouvé qu'un feul exemplaire qui
peut-eftre s'eft perdu depuis, combien
d'autres excellens ouvrages ont-ils eu la
mefme deftinée ? Si cela ne vous fatisfait
pas, & que vous vouliez m'obliger à
pouffer plus loin mes conjectures, pour
effayer de trouver précifement le temps
auquel il a vefcu, je ne puis les appuyer
que fur un paffage de la Preface de fon
Roman, où il fe plaint de la playe fan-
glante qu'Athenes fa patrie venoit de
recevoir dans la defolation univer-
felle de la Grece. Cela ne fe peut entendre
que de l'irruption des Scythes dans la
Grece, arrivée fous l'Empire de Gallien ;
ou de celle d'Alaric Roy des Goths, arrivée du temps d'Arcadius & d'Honorius : car Athenes n'avoit point efté fac-
cagée depuis Sylla, c'eft à dire, environ
trois cens cinquante ans devant l'inva-
fion des Scythes, & ne le fut point qu'-
environ fept cens ans aprés celle des
Goths. Or je vois plus de raifon d'appliquer les paroles de l'Auteur à la con-

quefte d'Alaric, qu'à celle des Scythes,
parce que les Scythes furent promptement
chaſſez d'Athenes, ſans y avoir fait beaucoup de deſordre , & les Goths la trait-
terent plus mal, & y laiſſerent de triſtes
marques de leur barbarie. Syneſe qui
veſcut de ce temps-là, en parle aux meſmes termes que noſtre Auteur , & regrette comme luy la ruine des lettres, cau-
ſée par ces Barbares dans le lieu de leur
naiſſance , & le ſiege de leur Empire.
Quoy qu'il en ſoit, l'ouvrage d'Athenagoras eſt inventé avec eſprit , conduit
avec art, ſententieux, plein de beaux
preceptes de Morale ; les évenemens
ſont vray-ſemblables , les Epiſoles tirez
du ſujet , les characteres diſtinguez,
l'honeſteté par tout obſervée ; rien de
bas, rien de forcé, ny de ſemblable à ce
ſtile puerile des Sopiſtes. L'argument eſt
double ; ce qui faiſoit une des grandes
beautez de la Comedie ancienne ; car outre les avantures de Theogene & de Charide, il rapporte encore celles de Phere-
cyde & de Melangenie. En quoy paroiſt

l'erreur de Giraldi, qui a crû que la multiplicité d'actions estoit de l'invention des Italiens. Les Grecs, & nos vieux François les avoient multipliées devant eux. Les Grecs les avoient multipliées avec dependance & subordination à une action principale, suivant les regles du Poëme heroïque : comme l'a pratiqué Athenagoras, & mesme Heliodore, quoy que moins netement. Mais nos vieux François les avoient multipliées sans ordonnance, sans liaison, & sans art. Ce sont eux que les Italiens ont imitez : en prenant d'eux les Romans, ils en ont pris les défauts. Et c'est une autre erreur de Giraldi, pire que la precedente, de vouloir loüer ce défaut, & en faire une vertu. S'il est vray, comme il le reconnoist luy-mesme, que le Roman doit ressembler à un corps parfait, & estre composé de plusieurs parties differentes & proportionnées sous un seul chef ; il s'ensuit que l'action principale, qui est comme le chef du Roman, doit estre unique & illustre en comparaison des autres ; &

que les actions subordonnées , qui sont
comme les membres , doivent se rapporter à ce chef , luy ceder en beauté
& en dignité , l'orner , le soûtenir , &
l'accompagner avec dépendance : autrement ce sera un corps à plusieurs testes,
monstrueux & difforme. L'exemple d'O-
vide , qu'il allegue en sa faveur , & celuy
des autres Poëtes Cycliques , qu'il pouvoit aussi alleguer , ne le justifient pas:
car les Metamorphoses de l'ancienne Fable , qu'Ovide s'estoit proposé de ramasser en un seul Poëme , & celles qui
composent les Poëmes Cycliques, estant
toutes des actions detachées , à peu prés
semblables , & d'une beauté presque
égale , il estoit autant impossible d'en
faire un corps regulier , que de faire un
bâtiment parfait avec du sable seulement. L'applaudissement qu'ont eu ces
Romans defectueux de sa nation , &
qu'il fait tant valoir, le justifie encore moins. Il ne faut pas juger d'un livre par le nombre, mais par la suffisan-
ce de ses Approbateurs. Tout le mon-

de s'attribuë la licence de juger de la
Poëfie & des Romans ; tous les pilliers
de la grande Salle du Palais, & toutes les
ruelles s'érigent en tribunaux, où l'on
decide fouverainement du merite des
grands ouvrages. On y met hardiment
le prix à vn Poëme Epique fur la lecture-
re d'une comparaifon, ou d'une defcri-
ption; & un vers un peu rude à l'oreille, tel que le lieu & la matiere le de-
mandent quelquefois, l'y pourra perdre
de reputation. Vn fentiment tendre y
fait la fortune d'un Roman; & une expref-
fion un peu forcée, ou un mot furanné
le décrie. Mais ceux qui les compofent,
ne fe foûmettent pas à ces décifions; &
femblables à cette Comedienne d'Horace, qui eftant chaffée du Theâtre par
le peuple, fe contenta de l'approbation
des Chevaliers, ils fe contentent de plaire à de plus fins connoiffeurs, qui ont d'autres regles pour en juger : & ces regles
font connuës de fi peu de gens, que les
bons Iuges, comme nous l'avons dit fi
fouvent, ne font pas moins rares que les

bons Romanciers ou les bons Poëtes, &
que dans le petit nombre de ceux qui fe
connoiffent en vers, à peine en trouvera-
t'on un qui fe connoiffe en Poëfie ; ou
qui fache mefme que les vers & la Poëfie
font chofes tout à fait differentes. Ces Iuges, dont le fentiment eft la regle certaine de la valeur des Poëmes & des Romans, avoüeront à Giraldi que les Romans Italiens ont de tres-belles chofes, &
meritent beaucoup d'autres loüanges,
mais non pas celle de la regularité, de
l'ordonnance, ny de la juftesse du deffein. Ie reviens au Roman d'Athenagoras, dont le dénoüement, quoy que fans
machine, eft moins heureux que le refte:
il n'eft pas affés picquant, il fe prefente
avant que la paffion & l'impatience du
Lecteur foient affés échauffées, & il fe
fait à trop de reprifes. Mais fon plus
grand defaut, c'eft l'oftentation impor-
tune avec laquelle il étale fon favoir dans
l'Architecture. Ce qu'il en a écrit, feroit
admirable ailleurs, mais il eft vitieux là
où il l'a mis, & hors de fa place. *Ne dee*

anco il Poëta, dit Giraldi, nel deſcrivere
le fabriche, volerſi moſtrare in guiſa Archi-
tettore, che deſcrivendo troppo minutamente
le coſe à tale arte appartinenti, laſci quello
che conuiene al Poëta; alla quale coſa egli
dee ſovra ogni coſa mirare, ſe cerca loda:
oltre che queſte deſcrittioni di coſe mechani-
che recano con loro vilta, & ſono lontane,
& dall'vſo, & dal grande dell'Heroico.
Il a pris pluſieurs choſes d'Heliodore, ou
Heliodore de luy : car comme je les crois
de meſme âge, je ne ſçais auquel je dois
donner la gloire de l'invention. Les noms
& les characteres de Theogene & de
Charide reſſemblent à ceux de Theagene & de Chariclée : Theogene & Charide
ſe virent & s'aimerent en une feſte de
Minerve, comme Theagene & Chariclée
en une feſte d'Apollon : Athenagoras
fait un Harondat Gouverneur de la baſ-
ſe Egypte; Heliodore fait un Oroonda-
te Gouverneur d'Egypte : Athenagoras
feint que Theogene eſt preſt d'eſtre ſacrifié par les Scythes ; Heliodore feint
que Theagene eſt preſt d'eſtre ſacrifié
par

par les Ethiopiens : & Athenagoras enfin, comme Heliodore, a divisé son ouvrage en dix livres.

Ie ne mettray pas au nombre des Romans les livres des Paradoxes de Damascius Philosophe payen, qui vêcut sous Iustinien : car lors que Photius dit qu'il a imité Antonius Diogenés, le modele de la pluspart des Romanciers Grecs, il faut entendre qu'il a écrit comme luy des histoires peu croyables & fabuleuses, mais non pas romanesques, ny en forme de Roman. Ce n'estoient qu'apparitions de spectres & de lutins, & qu'evenemens au dessus de la nature, ou crus trop legerement, ou imaginez avec peu d'adresse, & dignes de l'impieté & de l'atheïsme de leur Auteur.

Deux ans aprés Damascius, l'histoire de Barlaam & de Iosaphat fut composée par S. Iean Damascene. Plusieurs manuscrits anciens l'attribuent à Iean le Sinaite, qui vêcut du temps de l'Empereur Theodose : mais Billius fait voir que c'est sans raison, parce que les disputes contre les

d

Iconoclaſtes, qui ſont inſerées dans cét ouvrage, n'avoient point encore eſté eſmeuës alors, & ne l'ont eſté que long-temps aprés par l'Empereur Leon Iſau-rique, ſous lequel vêcut S. Iean Damaſ-cene. C'eſt un Roman, mais ſpirituel: il traitte de l'amour, mais c'eſt de l'amour de Dieu: & l'on y voit beaucoup de ſang répandu, mais c'eſt du ſang des Martyrs. Il eſt écrit en forme d'hiſtoire, & non pas dans les regles du Roman. Et ce-pendant quoy que la vray-ſemblance y ſoit aſſez exactement obſervée, il porte tant de marques de fiction, qu'il ne faut que le lire avec un peu de diſcernement pour le reconnoiſtre. L'on y découvre au reſte l'eſprit fabuleux de la Nation de l'Auteur, par le grand nombre de paraboles, de comparaiſons & de ſimili-tudes qui y ſont répanduës.

Le Roman de Theodorus Prodromus, & celuy qu'on attribue à Euſtathius Eveſque de Theſſalonique, qui fleuriſ-ſoit ſous l'Empire de Manuel Comnene, vers le milieu du douziéme ſiecle, ſont

environ de mesme force. Le premier
contient les amours de Dosiclés & de
Rhodanthe, & l'autre celles d'Ismenias
& d'Ismene. Monsieur Gaulmin a donné
l'un & l'autre au public avec sa traduction
& ses Notes. Comme il ne dit rien
d'Eustathius dans la Preface du livre qui
porte son nom, je veux expliquer son
silence en sa faveur, & croire qu'habile
comme il estoit, il n'est pas tombé dans
l'erreur de ceux qui se persuadent que
ce savant Commentateur d'Homere a
esté capable de faire un aussi miserable
ouvrage qu'est celuy-cy. Aussi quelques
manuscrits nomment-ils l'Auteur Eu-
mathius, & non pas Eustathius. Quoy
qu'il en soit, rien n'est plus froid, rien
n'est plus plat, rien n'est plus ennuyeux:
nulle bienseance, nulle vray-semblance,
nulle conduite : c'est le travail d'un escolier, ou de quelque chetif Sophiste, qui
meritoit d'estre escolier toute sa vie.
Theodorus Prodromus ne luy est guere
preferable : il a pourtant un peu plus
d'art, quoy qu'il en ait peu : il ne se tire

d'affaire que par des machines, & il
n'entend rien à faire garder à ses acteurs
la bien-seance & l'uniformité de leurs
characteres. Son ouvrage est plûtost un
Poëme qu'un Roman, car il est escrit en
vers, & cela luy rend plus pardonnable
son stile trop figuré, & trop licentieux.
Neantmoins comme ces vers sont Iam-
bes, qui ressemblent à la prose, & qu'on
les pourroit appeller une prose mesurée,
je ne l'exclus point de cette liste. On dit
qu'il estoit Russe de nation, Prestre,
Poëte, Philosophe & Medecin.

Ie fais à peu prés le mesme jugement
des Pastorales du Sophiste Longus, que
dés deux Romans precedens : car encore
que la pluspart des Savans des derniers
siecles les ayent loüez pour leur elegance,
& leur agrément, joint à la simplicité
convenable au sujet ; neantmoins je n'y
trouve rien de tout cela que la simplicité,
qui va quelquefois jusqu'à la puerilité,
& à la niaiserie. Il n'y a ny invention
ny conduite. Il commence grossierement
à la naissance de ses Bergers, & finit à

leur mariage. Il ne débroüille jamais
ſes avantures que par des machines mal
concertée s ; ſi obſcene, au reſte, qu'il faut
eſtre un peu cynique pour le lire ſans
rougir. Son ſtile, qui a eſté tant vanté,
eſt peut-eſtre ce qui merite moins de
l'eſtre : c'eſt un ſtile de Sophiſte, tel qu'il
eſtoit, ſemblable à celuy d'Euſtathius
& de Theodorus Prodromus, qui tient
de l'orateur & de l'hiſtorien, & qui n'eſt
propre ny à l'un ny à l'autre, plein de
metaphores, d'antitheſes, & de ces figures brillantes qui ſurprennent les ſimples, & qui flattent l'oreille ſans remplir
l'eſprit. Au lieu d'attacher le Lecteur
par la nouveauté des evenemens, par
l'arrangement & la varieté des matieres,
& par une narration nette & preſſée,
qui ait pourtant ſon tour & ſa cadence,
& qui avance toûjours dans ſon ſujet, il
eſſaye, comme la pluſpart des autres So-
phiſtes, de le retenir par des deſcriptions
hors d'œuvre, il l'eſcarte hors du grand
chemin, & pendant qu'il luy fait voir
tant de païs qu'il ne cherche point, il

confume & ufe fon attention , & l'impatience qu'il avoit d'aller à la fin qu'il
cherchoit & qu'on luy avoit propofée.
I'ay traduit avec plaifir ce Roman dans
mon enfance : aufli eft-ce le feul âge où
il doit plaire. Ie ne vous diray point en
quel temps il a vêcu : aucun des anciens
ne parle de luy , & il ne porte aucune
marque qui donne lieu aux conjectures,
fi ce n'eft peut-eftre la pureté de fon elo-
cution, qui me le fait juger plus ancien
que les deux precedens.

　Pour les trois Xenophons Romanciers,
dont parle Suidas , je ne vous en puis
rien dire que ce qu'il en dit. L'un eftoit
d'Antioche, l'autre d'Ephefe , & le troifiéme de Chypre. Tous trois ont écrit
des hiftoires amoureufes. Le premier
avoit donné à fon livre le nom de Baby-
Ioniques , comme Iamblique : le fecond
avoit intitulé le fien les Ephefiaques,
& rapportoit les amours d'Habrocomas
& d'Anthie ; & le troifiéme avoit nommé
le fien les Cypriaques , où il racontoit
les amours de Cinyras , de Myrrha , &
d'Adonis.

Ie ne crois pas devoir oublier Parthenius de Nicée , de qui nous avons
un Recueil d'histoires amoureuses, qu'il
dedia au Poëte Cornelius Gallus , du
temps d'Auguste. Plusieurs de ces histoires sont tirées de l'ancienne Fable , &
toutes d'anciens Auteurs qu'il cite.
Quelques-unes me semblent romanesques , & avoir esté prises des Fables Milesiennes , comme celle d'Erippe & de
Xanthus, au chapitre huitiéme ; celle de
Polycrite , & de Diognete au chapitre
neufviéme ; celle de Leucone & de Cya-
nippe au chapitre dixiéme ; & celle de
Neæra, d'Hypsicreon , & de Promedon
au chapitre dixhuitiéme : car outre que
ces avantures sont attribuées à des personnes Milesiennes , il ne paroist point
qu'elles ayent esté prises de la Fable , ny
de l'Histoire ancienne. Peut-estre mesme que les amours de Caunus & de Bi-
blis , enfans du fondateur de Milet, qu'il
rapporte au chapitre onziéme , sont une
fiction du païs, qui s'est renduë celebre,
& a esté consacrée dans la Mythologie

d iiij

antique. Ce que je ne propose toutefois
que comme une conjecture assez legere.

Dans ce denombrement que je viens
de faire, j'ay distingué les Romans reguliers de ceux qui ne le sont pas. J'appelle
reguliers, ceux qui sont dans les regles
du Poëme heroïque. Les Grecs qui ont
si heureusement perfectionné la pluspart
des sciences & des arts, qu'on les en a cru
les inventeurs, ont aussi cultivé l'art romanesque, & de brute & inculte qu'il
estoit parmy les Orientaux, ils luy ont
fait prendre une meilleure forme, en le
resserrant dans les regles de l'Epopée, &
joignant en un corps parfait les diverses
parties sans ordre & sans rapport qui
composoient les Romans avant eux. De
tous les Romanciers Grecs que je vous
ay nommez, les seuls qui se soient assu-
jettis à ces regles sont Antonius Diogenés, Lucien, Athenagoras, Iamblique,
Heliodore, Achillés Tatius, Eustathius,
& Theodorus Prodromus. Ie ne dis rien
de Lucius de Patras, ny de Damascius,
que je n'ay pas mis au rang des faiseurs

de Romans. Pour faint Iean Damafcene
& Longus, il leur euft efté aifé de reduire
leurs ouvrages fous ces loix ; mais ils les
ont, ou ignorées, ou meprifées. Ie ne fçais
comment s'y font pris les trois Xenophons, dont il ne nous eft rien demeuré ;
ny mefme Ariftide, & ceux qui comme
luy ont écrit des Fables Milefiennes. Ie
crois toutefois que ces derniers ont gardé
quelques mefures, & j'en iuge par les
ouvrages faits à leur imitation, que le
temps nous a confervez, comme la Me-
tamorphofe d'Apulée, qui eft affez reguliere.

Ces Fables Milefiennes, bien long-
temps devant que de faire dans la Grece
le progrez que vous avez veu, avoient
defia paffé dans l'Italie, & avoient efté
premierement receuës par les Sybarites,
peuple voluptueux au delà de tout ce
qu'on peut imaginer. Cette conformité
d'humeur qu'ils avoient avec les Mile-
fiens eftablit entre eux une communica-
tion reciproque de luxe & de plaifirs, &
les unit fi bien, qu'Herodote affure qu'il

ne connoissoit point de peuples plus
étroitement alliez. Ils apprirent donc
des Milesiens l'art des fictions, & l'on
vit des Fables Sybaritiques en Italie, comme l'on voyoit des Fables Milesiennes en
Asie. Il est mal-aisé de dire qu'elle en estoit
la forme. Hesychius donne à entendre
dans un passage assez corrompu qu'Esope
estant en Italie, ses Fables y furent fort
goustées, qu'on rencherit par dessus, qu'on
les nomma Sybaritiques après les avoir
changées, & qu'elles passerent en proyer-
be : mais il ne dit point en quoy consistoit
ce changement. Suidas a cru qu'elles
estoient semblables à celles d'Esope. Il
s'est trompé là, comme souvent ailleurs.
Le vieux Commentateur d'Aristophane
dit que les Sybarites se servoient des
bestes dans leurs fables, & qu'Esope se
servoit des hommes dans les siennes. Ce
passage est assurément gasté : car comme
on voit que les fables d'Esope employent
des bestes, il s'ensuit que celles des Sybarites employoient des hommes. Aussi en
un autre endroit le dit-il en termes ex-

prés. Celles des Sybarites estoient plai-
santes & faisoient rire. J'en ay trouvé
un échantillon dans Elien : c'est un petit
conte qu'il dit avoir pris des Histoires
des Sybarites, c'est à dire, selon mon
sens, des Fables Sybaritiques. Vous en
jugerez par l'historiette mesme. Vn en-
fant de Sybaris, conduit par son Pedagogue, rencontra par la ruë un vendeur de
figues seches, & luy en déroba une ; le
Pedagogue l'ayant repris aigrement luy
arracha la figue & la mangea. Mais ces
Fables n'estoient pas seulement facetieu-
ses, elles estoient aussi fort lascives.
Ovide met la Sybaritide, qui avoit esté
composée peu de temps devant luy, au
nombre des pieces les plus dissoluës. Plusieurs Savans croyent qu'il designe
l'ouvrage d'Hemitheon le Sybarite, dont
Lucien parle comme d'un amas de saletez. Cela me paroist sans fondement, car
on ne voit point que la Sybaritide eust
d'autre convenance avec le livre d'Hemitheon, qu'en ce que l'un & l'autre
estoient des livres de débauche ; & cela

estoit commun à toutes les fables Sybaritiques. Outre que la Sybaritide avoit esté
faite peu de temps devant Ovide; & la
ville de Sybaris avoit esté ruinée de fond
en comble par les Crotoniates cinq cens
ans devant luy. Il est donc plus croyable
que la Sybaritide avoit esté composée par
quelque Romain, & ainsi nommée, parce
qu'elle avoit esté faite à l'imitation des
anciennes Fables Sybaritiques. Vn certain
vieux Auteur, que ie crois qu'il vous est
assés indifferent de conoistre, fait entendre que leur stile estoit court & Laconi-
que. Mais tout cela ne nous fait point voir
que ces fables eussent rien de romanesque.

Ce passage d'Ovide monstre assés que
de son temps les Romains avoient desia
donné entrée chez eux aux Fables des
Sybarites, & il nous apprend dans le
mesme livre que le celebre Historien
Sisenna leur traduisit aussi les fables Milesiennes d'Aristide. Ce Sisenna vescut
du temps de Sylla, & estoit comme luy
de la grande & illustre famille des Cor-

nèliens. Il fut Preteur de Sicile & d'A-
chaïe. Il écrivit l'Hiſtoire de ſa patrie, &
fut preferé à tous les Hiſtoriens de ſa
nation qui l'avoient precedé.

Si la Republique Romaine ne dédai-
gna pas la lecture de ces fables, lors qu'elle retenoit encore une diſcipline auſtere,
& des meurs rigides, il ne faut pas s'é-
tonner ſi eſtant tombée ſous le pouvoir
des Empereurs, & à leur exemple s'eſtant
abandonnée au luxe & aux plaiſirs, elle
fut ſenſible à ceux que les Romans donnent à l'eſprit. Virgile qui veſcut un peu
aprés la naiſſance de l'Empire, ne fait
point prendre de plus agreable divertiſſement aux Naïades, filles du Fleuve
Penée, lors qu'elles ſont aſſemblées ſous
les eaux de leur pere, que de ſe raconter les amours des Dieux, qui faiſoient
les Romans de l'antiquité. Ovide contemporain de Virgile fait faire des contes
romaneſques aux Filles de Minée, pendant que le travail de leurs mains les oc-
cupe, ſans leur oſter la liberté de la langue & de l'eſprit. Le premier ſont les

amours de Pyrame & de Thisbé ; le se-
cond sont celles de Mars & de Venus;
& le troisieme sont celles de Salmacis
pour Hermaphrodite.

En cela paroist l'estime que Rome
avoit alors pour les Romans. Mais elle
paroist encore mieux par le Roman mefme que composa Petrone, l'un de ses
Consuls, & l'homme le plus poly de son
temps. Il le fist en forme de Satire, du genre de celles que Varron avoit inventées,
en meslant agreablement la Prose avec
les Vers, & le serieux avec l'enjoüé, &
qu'il avoit nommées Menippées, parce
que Menippe le Cynique avoit traitté devant luy des matieres graves d'un stile
plaisant & mocqueur. Cette Satire de
Petrone ne laissoit pas d'estre un veritable Roman : elle ne contenoit que des
fictions ingenieuses & agreables, & souvent fort sales & deshonnestes, cachant
sous l'écorce une raillerie fine & picquan-
te contre les vices de la Cour de Neron.
Comme ce qui nous en reste ne sont que
des fragmens presque sans liaison, où

pluftoft des collections de quelque ftu-
dieux, on ne peut pas difcerner nette-
ment la forme & le tiffu de toute la piece. Neantmoins cela paroift conduit avec
ordre, & il y a apparence que ces parties détachées compofoient un corps parfait avec celles qui nous manquent. Quoy
que Petrone paroiffe avoir efté grand
Critique, & d'un gouft fort exquis dans
les lettres, fon ftile toutefois ne répond
pas tout-à-fait à la delicateffe de fon iuge-
ment : on y remarque quelque affecta-
tion ; il eft un peu trop peint & trop eftu-
dié, & il degenere déja de cette fimpli-
cité naturelle & majeftueufe de l'heureux
fiecle d'Augufte. Tant il eft vray que
l'art de narrer que tout le monde prati-
que, & que tres-peu de gens entendent,
eft encore plus aifé à entendre qu'à bien
pratiquer.

On dit que le Poëte Lucain, qui vivoit auffi du temps de Neron, avoit laiffé
des fables Saltiques, c'eft à dire, felon
quelques-uns, des fables dans lefquelles
il racontoit les amours des Satyres & des

Nymphes. Cela reſſemble bien à un Roman ; & l'eſprit de ce ſiecle, qui eſtoit
Romancier, confirme mon ſoupçon.
Mais comme il ne nous en reſte que le
titre, qui meſme n'exprime pas trop
clairement la nature de la piece, ie n'en
diray rien.

La Metamorphoſe d'Apulée ſi connuë
ſous le nom de l'Aſne d'or, fut faite ſous
les Antonins, Elle eut la meſme origine
que l'Aſne de Lucien ; ayant eſté tirée
des deux premiers livres des Metamor-
phoſes de Lucius de Patras : avec cette
difference toutefois que ces livres furent
abregés par Lucien, & augmentés par
Apulée. L'ouvrage de ce Philoſophe eſt
regulier : car encore qu'il ſemble le commencer par ſon enfance, neantmoins ce
qu'il en dit n'eſt que par forme de Preface, & pour excuſer la barbarie de ſon
ſtile. Le veritable commencement de
ſon hiſtoire eſt à ſon voyage de Theſ-
ſalie Il nous a donné une idée des fables
Mileſiennes par cette piece, qu'il declare d'abord eſtre de ce genre. Il l'a enri-
chie

thie de beaux Episodes, & entr'autres de celuy de Psyché que personne n'ignore, & il n'a point retranché les saletez qui estoient dans les originaux qu'il a suivis. Son stile est d'un Sophiste, plein d'affecta-tion & de figures violentes, dur, barbare, digne d'un Africain.

On tient que Clodius Albinus, l'un des pretendans à l'Empire qui furent vaincus & tuez par l'Empereur Severe, ne dédai-gna pas un semblable travail. Iules Capi-tolin rapporte dans sa vie qu'il paroissoit de certaines Fables Milesiennes sous son nom, assés estimées, quoy que mediocre-ment écrites, & que Severe reprocha au Senat de l'avoir loüé comme un savant homme, encore qu'il lust que les Fables Milesiennes d'Apulée, & qu'il fist toute son estude de contes de vieille, & de pa-reilles bagatelles, qu'il preferoit à des oc-cupations serieuses.

Martianus Capella a donné, comme Pe-trone, le nom de Satire à son ouvrage, parce qu'il est écrit comme le sien en Vers & en Prose, & que l'utile & l'agreable y

e

font meſlés. Ayant eu deſſein de traitter
de tous les Arts qu'on appelle liberaux,
il a pris pour cela un détour, les perſoni-
fiant, & feignant que Mercure, qui les a à
ſa ſuite, épouſe la Philologie, c'eſt à dire
l'Amour des belles lettres, & luy donne
pour preſent de nopces ce qu'ils ont de
plus beau & de plus precieux. De ſorte
que c'eſt une allegorie continuelle, qui ne
merite pas proprement le nom de Roman, mais plûtoſt de fable : car, comme
je l'ay déja remarqué, la fable repreſente
des choſes qui n'ont point eſté & n'ont pû
eſtre ; & le Roman repreſente des choſes
qui ont pû eſtre, mais qui n'ont point
eſté. L'artifice de cette allegorie n'eſt pas
fort fin. Le ſtile eſt la barbarie meſme :
ſi hardy & ſi immoderé en ſes figures,
qu'on ne les pardonneroit pas au Poëte le
plus determiné, & couvert d'une obſcurité ſi épaiſſe, qu'à peine eſt-il intelligi-
ble : ſavant au reſte, & plein d'une erudition peu commune. On écrit que l'Auteur eſtoit Africain. S'il ne l'eſtoit, il me-

ritoit de l'eſtre, tant ſa maniere d'écrire
eſt dure & forcée. On ignore le temps
auquel il a veſcu : on ſçait ſeulement
qu'il eſtoit plus ancien que Iuſtinien.

Iuſqu'alors l'art des Romans s'eſtoit
maintenu dans quelque ſplendeur, mais
il declina enſuite avec les lettres & avec
l'Empire, lors que ces nations farouches
du Nord porterent par tout leur ignorance & leur barbarie. L'on avoit fait auparavant des Romans pour le plaiſir, on fiſt
alors des Hiſtoires fabuleuſes, parce
qu'on n'en pouvoit faire de veritables,
faute de ſavoir la verité. Theleſin, que
l'on dit avoir veſcu vers le milieu du
ſixiéme ſiecle, ſous le Roy Artus tant
celebré dans les Romans, & Melkin
qui fut un peu plus jeune, écrivirent l'Hiſtoire d'Angleterre leur patrie, du Roy
Artus, & de la Table ronde. Balæus, qui
les a mis dans ſa liſte, en parle comme
d'Auteurs remplis de fables. Il faut dire
la meſme choſe d'Hunibaldus Francus,
qui fut, comme l'on écrit, contemporain de Clovis, & dont l'Hiſtoire n'eſt

presque qu'un ramas de mensonges grossierement imaginés.

Enfin, Monsieur, nous voicy à ce Livre fameux des faits de Charlemagne, que l'on attribuë fort mal à propos à l'Archevesque Turpin, quoy qu'il luy soit posterieur de plus de deux cens ans. Le Pigna, & quelques autres ont cru ridiculement que les Romans ont pris leur nom de la Ville de Rheims dont il estoit Archevesque; parce que son livre au rapport du premier, a esté la source où les Romanciers de Prouence ont le plus puisé; & qu'il a esté, selon les autres, le principal entre les faiseurs de Romans. Quoy qu'il en soit, l'on vid plusieurs autres Histoires de la vie de Charlemagne, pleines de Fables à perte de veuë, & semblables à celle qui porte le nom de Turpin. Telles estoiët les Histoires attribuées à Hancon, & à Solcon Forteman, à Sivard le Sage, à Adel Adeling, & à Iean fils d'un Roy de Frise, tous cinq Frisons, & qu'on dit aussi avoir vécu du tëps de Charlemagne. Telle estoit encore l'Histoire atribuée à Occon,

qui felon l'opinion commune , fut contemporain de l'Empereur Othon le
Grand, & petit neveu de ce Solcon que ie
viens de nommer ; & l'Hiftoire de Gau-
fred de Mommout , qui écrivit les faits
du Roy Artus, & la vie de Merlin. Ces
Hiftoires faites à plaifir plurent à des
Lecteurs fimples, & plus ignorans encore
que ceux qui les compofoient. On ne
s'amufa donc plus à chercher de bons me-
moires, & à s'inftruire de la verité pour
écrire l'Hiftoire : on en trouvoit la matiere dans fa propre tefte , & dans fon
invention. Ainfi les Hiftoriens degene-
rerent en de veritables Romanciers. La
langue Latine fut méprifée dans ce fiecle
plein d'ignorance , comme la verité l'a-
voit efté. Les Troubadours , les Chan-
terres, les Conteurs , & les Iongleurs de
Provence , & enfin ceux de ce pays qui
exerçoient ce qu'on y appelloit *La fcience
guaye* , commencerent dés le temps de
Hue Caper à romanifer tout de bon , &
à courir la France , debitant leurs Romans , & leurs *Fabliaux* compofez en lan-

gage Romain : car alors les Provençaux avoient plus d'usage des lettres & de la Poësie que tout le reste des François. Ce langage Romain estoit celuy que les Romains introduisirent dans les Gaules aprés les avoir conquises, & qui s'estant corrompu avec le temps par le mélange du langage Gaulois qui l'avoit precedé, & du Franc ou Tudesque qui l'avoit suivi, n'estoit ny Latin, ny Gaulois, ny Franc, mais quelque chose de mixte, où le Romain pourtant tenoit le dessus, & qui pour cela s'appelloit toûjours Roman, pour le distinguer du langage particulier & naturel de chaque païs, soit le Franc, soit le Gaulois ou Celtique, soit l'Aquitanique, soit le Belgique : car Cesar écrit que ces trois langues estoient differentes entr'elles : ce que Strabon explique d'une difference, qui n'estoit que comme entre divers Dialectes d'une mesme langue. Les Espagnols se servent du mot de Roman en mesme signification que nous, & ils appellent leur langage ordinaire, *Romancé.* Le Roman

eſtant donc plus univerſellement entendu , les Conteurs de Provence s'en ſer-
virent pour écrire leurs contes , qui delà
furent appellez Romans. Les Trouverres
allant ainſi par le monde eſtoient bien
payez de leurs peines , & bien traittez
des Seigneurs qu'ils viſitoient ; dont
quelques-uns eſtoient ſi ravis du plaiſir
de les entendre , qu'ils ſe dépoüilloient
quelquefois de leurs robes pour les en re-
veſtir. Les Provençaux ne furent pas
les ſeuls qui ſe plurent à cét agreable exer-
cice : preſque toutes les Provinces de
France eurent leurs Romanciers ; juſqu'à
la Picardie , où l'on compoſoit des Ser-
vantois , pieces amoureuſes , & quelquefois ſatyriques. Et de là nous ſont venus
tant & tant de vieux Romans , dont une
partie eſt imprimée , une autre pourrit
dans les Bibliotheques , & le reſte a eſté
conſumé par la lõgueur des années. L'Eſpagne meſme qui a eſté ſi fertile en Romans , & l'Italie tiennent de nous l'art
de les compoſer : *Mi par di poter dire che*
queſta ſorte di Poëſia (ce ſont les paroles

de Giraldi, parlant des Romans) *habbia hauuta la prima origine, & il primo suo principio da Francesi, da i quali ha forse anco hauuto il nome. Da Francesi poi e passata questa maniera di poeteggiare a gli Spagnuoli, & vltimamente e stata accettata da gli Italiani.*

Feu Monsieur de Saumaise, dont la memoire m'est en singuliere veneration, & pour sa grande erudition, & pour l'amitié qui a esté entre nous, a crû que l'Espagne après avoir appris des Arabes l'art de romaniser, l'avoit enseigné par son exemple à tout le reste de l'Europe. Pour soustenir cette opinion, il faut dire que Thelesin & Melkin, l'un & l'autre Anglois, & Hunibaldus Francus, que l'on croit avoir composé tous trois leurs histoires romanesques vers l'an cinq cens cinquante, sont plus recens du moins de prés de deux cens ans que l'on ne s'imagine: car la revolte du Comte Iulien, & l'entrée des Arabes en Espagne, n'arriva, que l'an quatre-vingt-onziéme de l'Hegire, c'est à dire, l'an sept cens douze

de Noſtre Seigneur ; & il fallut quelque
temps pour donner cours aux Romans
des Arabes en Eſpagne, & à ceux que l'on
pretend que les Eſpagnols firent à leur
imitation, dans le reſte de l'Europe. Ie
ne voudrois pas defendre l'antiquité de ces Auteurs, quoy que
j'euſſe quelque droict de le faire, puiſque
l'opinion commune & receuë eſt pour
moy. Il eſt vray que les Arabes eſtoient
fort adonnez à la Science guaye, comme
je vous l'ay fait voir ; je veux dire à la
Poëſie, aux Fables, & aux fictions. Cette ſcience eſtant demeurée dans ſa groſſie-
reté parmy eux, ſans avoir receu la cultu-
re des Grecs, ils la porterent dans l'A-
frique avec leurs armes, lors qu'ils la
ſubjuguerent. Elle eſtoit toutefois deſia
parmy les Afriquains : car Ariſtote, &
aprés luy Priſcien font mention des Fables Lybiques ; & les Romans d'Apulée
& de Martianus Capella Africains, dont
ie vous ay parlé, monſtrent quel eſtoit
l'eſprit de ces peuples. Cela fortifia les
Arabes victorieux dans leur inclination.

Auſſi apprenons nous de Leon d'Afrique,
& de Marmol, que les Arabes Africains
aiment encore la Poëſie romaneſque
avec paſſion ; qu'ils chantent en Vers &
en Proſe les exploits de leur Buhalul,
comme on a celebré parmy nous ceux de
Renaud & de Roland ; que leurs Mora-
bites font des chanſons d'amour ; que
dans Fez, au jour de la naiſſance de Mahomet, les Poëtes font des aſſeblées & des
jeux publics, & recitent leurs Vers devant
le peuple, au jugement duquel celuy qui
a le mieux reüſſi, eſt creé Prince des Poëtes pour cette année ; que les Rois de la
maiſon des Benimerinis, qui regnoient
il y a trois cens ans, & que nos vieux
Eſcrivains appellent de Bellemarine, aſ-
ſembloient tous les ans à un certain jour
les plus ſavans de la ville de Fez, & leur
faiſoient un ſplendide feſtin, aprés quoy
les Poëtes recitoient des Vers en l'honneur de Mahomet ; que le Roy donnoit
au plus habile une ſomme d'argent, un
cheval, un eſclave, & ſes propres habits
dont il eſtoit veſtu ce jour-là, & qu'au-

cun des autres ne s'en retournoit fans re-
compenfe. L'Efpagne ayant enfuite receu le joug des Arabes, elle receut auffi
leurs meurs, & prift d'eux la couftume de
chanter des Vers d'amour, & de celebrer
les actions des grands hommes, à la maniere des Bardes parmy les Gaulois:
Mais ces chants, qu'ils nommoient *Ro-*
mancés, eftoient bien differens de ce qu'on
appelle Romans C'eftoient des Poëfies
faites pour eftre chantées, & par confequent fort courtes. On en a ramaffé plufieurs; entre lefquelles il s'en trouve de fi
anciennes, qu'à peine peuvent-elles eftre
entenduës: & elles ont quelquefois fervy
a efclaircir l'Hiftoire d'Efpagne, & à remettre les évenemens dans l'ordre de la
Chronologie. Leurs Romans font beaucoup plus nouveaux; & les plus vieux font
pofterieurs à nos Triftans, & à nos Lan-
celots, de quelques centaines d'années.
Miguel de Cervante, l'un des plus beaux
efprits que l'Efpagne ait produits, en a
fait une fine & iudicieufe critique dans fon
Dom Quixote, & à peine le Curé de la

Manche, & maiftre Nicolas le Barbier,
en trouvent-ils dans ce grand nombre fix
qui meritent d'eftre confervez. Le refte
eft *livré au bras feculier de la fervante* pour
eftre mis au feu. Ceux qu'ils jugent dignes d'eftre gardés font les quatre livres
d'Amadis de Gaule, qu'ils difent eftre
le premier Roman de Chevalerie qu'on
ait imprimé en Efpagne, le modele, &
le meilleur de tous les autres; Palmerin
d'Angleterre, que l'on croit avoir efté
compofé par un Roy de Portugal, &
qu'ils trouvent digne d'eftre mis dans
un coffret femblable à celuy de Darius,
où Alexandre enferma les œuvres d'Homere; Dom Belianis; le Miroir de Chevalerie; Tirante le Blanc, & Kyrie eleifon
de Montauban (car au bon vieux temps
on croyoit que Kyrie eleifon, & Parali-
pomenon, eftoient les noms de quelques
Saints) ou *les fubtilitez de Damoifelle Plai-
fir-de-ma-vie, & les tromperies de la Veuve
repofée*, font fort loüées. Mais tout cela
eft recent en comparaifon de nos vieux
Romans, qui vray-femblablement en fu-

rent les modeles , comme la conformité des ouvrages , & le voisinage des nations le persuadent. Il fait aussi la censure des Romans en vers , & des autres Poësies qui se trouverent dans la Bibliotheque de Dom Quixote : mais cela est hors de nostre sujet.

Si l'on m'obiecte que comme nous avons pris des Arabes l'art de rimer , il est croyable aussi que nous avons pris d'eux l'art de romaniser, puisque la pluspart de nos vieux Romans estoient en rime , & que la coustume qu'avoient les Seigneurs François de donner leurs habits aux meilleurs Trouverres , & que Marmol dit avoir esté pratiquée par les Roys de Fez , donne encore lieu à ce soupçon : i'avoüeray qu'il n'est pas impossible que les François en prenant la rime des Arabes , ayent pris d'eux aussi l'usage de l'appliquer aux Romans. I'avoüeray mesme que l'amour que nous avions desia pour les fables a pû s'augmenter , & se fortifier par leur exemple, & que nostre art romanesque s'enrichit

peut-eſtre par le commerce que le voiſi-
nage de l'Eſpagne & les guerres nous
donnerent avec eux ; mais non pas que
nous leur devions cette inclination, puiſqu'elle nous poſſedoit long-temps devant qu'elle ſe ſoit fait remarquer en
Eſpagne. Ie ne puis croire non plus que
nos Princes ayent pris des Roys Arabes
la couſtume de ſe dépoüiller en faveur
des Trouverres : ie crois plûtoſt que les
uns & les autres touchez de l'excellence
des ouvrages qu'ils entendoient reciter,
cherchoient avec empreſſement à ſatis-
faire ſur l'heure leur liberalité , & que ne
trouvant rien de plus preſent que leurs
habits, ils s'en ſervoient au beſoin, comme nous liſons que quelques Saints s'en
ſont ſervis envers des pauvres ; & que ce
qui arrivoit ſouvent en France par hazard , ſe faiſoit tous les ans à Fez par une
couſtume, qui vray-ſemblablement y fut
auſſi d'abord introduite par le hazard.

　　Il eſt aſſez croyable que les Italiens furent portez à la compoſition des Romans
par l'exemple des Provençaux , lors que

les Papes tinrent leur Siege à Avignon,
& mefme par l'exemple des autres François, lors que les Normans , & en fuite
Charles Comte d'Anjou, frere de Saint
Louys, Prince vertueux , amateur de la
Poëfie , & Poëte luy-mefme , firent la
guerre en Italie. Car nos Normans fe
méloient auffi de la Science guaye,& l'Hiftoire rapporte qu'ils chanterent les faits
de Roland , avant que de donner cette
memorable bataille , qui acquit la couronne d'Angleterre à Guillaume le Baf-
tard. Toute l'Europe eftoit en ce temps
la couverte des tenebres d'une efpaiffe
ignorance : mais la France, l'Angleterre,
& l'Alemagne, moins que l'Italie , qui ne
produifit alors qu'un petit nombre d'E-
crivains, & prefque point de faifeurs de
Romans. Ceux de ce païs qui vouloient
fe faire diftinguer par quelque tein-
ture de favoir , la venoient prendre
dans l'Vniverfité de Paris, qui eftoit la
mere des fciences, & la nourrice des Savans de l'Europe. Saint Thomas d'A-
quin, Saint Bonaventure,le Poëte Dan-

se, & Bocace y vinrent estudier ; & le
President Fauchet monstre que le dernier a pris la plufpart de ses nouvelles des
Romans François; & que Petrarque &
les autres Poëtes Italiens avoient pillé
les plus beaux traits des Chansons de Thi-
baud Roy de Navarre, de Gaces Bruffez,
du Chastelain de Coucy , & des vieux
Romanciers François. Ce fut donc, felon
mon avis, dans ce mélange des deux Nations que les Italiens apprirent de nous la
science des Romans, qu'ils reconnoiffent
nous devoir, auffi bien que la science des
Rimes.

Ainfi l'Efpagne & l'Italie receurent de
nous un art, qui eftoit le fruit de noftre
ignorance , & de noftre groffiereté , &
qui avoit efté le fruit de la politeffe des
Perfes, des Ioniens, & des Grecs. En effet ; comme dans la neceffité, pour conferver noftre vie nous nourriffons nos corps
d'herbes & de racines , lors que le pain
nous manque ; de mefme lors que la connoiffance de la verité , qui eft la nourri-
ture propre & naturelle de l'efprit humain

main vient à nous manquer, nous le nour-
rissons du mensonge, qui est l'imitation
de la verité. Et comme dans l'abondance, pour satisfaire à nostre plaisir, nous
quittons souvent le pain & les viandes
ordinaires, & nous cherchons des ra-
gousts : de mesme lors que nos esprits
connoissent la verité, ils en quittent souvent l'estude & la speculation, pour se divertir dans l'image de la verité, qui est le
mensonge: car l'image & l'imitation, selon
Aristote, sont souvent plus agreables que
la verité mesme. De sorte que deux chemins tout à fait opposez, qui sont l'ignorance, & l'erudition; la rudesse, & la politesse, menent souvent les hommes à une
mesme fin, qui est l'estude des fictions,
des fables, & des Romans. De là vient
que les nations les plus barbares aiment
les inventions Romanesques, comme les
aiment les plus polies. Les origines de
tous ces Sauvages de l'Amerique, &
particulierement celles du Perou, ne
contiennent que des fables; non plus que
les origines des Goths, qu'ils écrivoient

F

autrefois en leurs anciens characteres
Runiques fur de grandes pierres, dont
j'ay veu quelques reftes en Danemarc:
& s'il nous eftoit demeuré quelque chofe
de ces ouvrages que compofoient les Bardes parmy les anciens Gaulois, pour éter-
nifer la memoire de leur nation, je ne
doute pas que nous ne les trouvaffions
enrichies de beaucoup de fictions.

Cette inclination aux fables, qui eft
commune à tous les hommes, ne leur
vient pas par raifonnement, par imitation, ou par couftume : elle leur eft naturelle, & a fon amorce dans la difpo-
fition mefme de leur efprit, & de leur
ame; car le defir d'apprendre, & de favoir
eft particulier à l'homme, & ne le di-
ftingue pas moins des autres animaux
que fa raifon. On trouve mefme en
quelques animaux des eftincelles d'une
raifon imparfaite & ébauchée; mais l'envie de connoître ne fe remarque que
dans l'homme. Cela vient, felon mon
fens, de ce que les facultés de noftre
ame eftant d'une trop grande eftenduë,

& d'une capacité trop vafte pour eftre remplies par les objets prefens, l'ame cherche dans le paffé & dans l'avenir, dans la verité & dans le menfonge, dans les efpaces imaginaires, & dans l'impoffible mefme, de quoy les occuper & les exercer. Les beftes trouvent dans les objets qui fe prefentent à leurs fens de quoy remplir les puiffances de leur ame, & ne vont guere au de là : de forte que l'on ne voit point en elles cette avidité inquiete qui agite inceffamment l'efprit de l'homme, & le porte à la recherche de nouvelles connoiffances, pour proportionner, s'il fe peut, l'objet à la puiffance, & y trouver un plaifir femblable à celuy qu'on trouve à appaifer une faim violente, ou à fe defalterer aprés une longue foif. C'eft ce que Platon a voulu exprimer par la fable du mariage de Porus & de Penie, c'eft à dire des Richeffes & de la Pauvreté, d'où il dit que nâquit le Plaifir. L'Objet eft marqué par les Richeffes, qui ne font richeffes que dans l'ufage, & autrement demeurent infru-

étueuses, & ne font point naître le Plaisir. La Puissance est exprimée par la Pauvreté, qui est sterile & toûjours accompagnée d'inquietude, tant qu'elle est
separée des Richesses : mais quand elle s'y
joint, le Plaisir naist de cette union. Cela
se rencontre justement dans nôtre ame.
La Pauvreté, c'est à dire l'ignorance, luy
est naturelle, & elle soûpire incessamment aprés la science, qui est sa riches-
se ; & quand elle la possede, cette joüyssance est suivie de plaisir.
Mais ce plaisir n'est pas toûsiours égal:
il luy couste quelquefois du travail & des
peines ; comme quand elle s'aplique aux
speculations difficiles, & aux sciences cachées, dont la matiere n'est pas presente
à nos sens, & où l'imagination, qui agit
avec facilité, a moins de part que l'entendement, dont les operations sont plus
laborieuses. Et parce que naturellement
le travail nous rebute, l'ame ne se porte
à ces connoissances épineuses que dans la
veuë du fruict, ou dans l'esperance d'un
plaisir éloigné, ou par necessité. Mais les

connoiſſances qui l'attirent & la flattent davantage, ſont celles qu'elle acquiert ſans peine, & où l'imagination agit preſque ſeule, & ſur des matieres ſemblables à celles qui tombent d'ordinaire ſous nos ſens ; & particulierement ſi ces connoiſſances excitent nos paſſions, qui ſont les grands mobiles de toutes les actions de noſtre vie. C'eſt ce que font les Romans : il ne faut point de contention d'eſprit pour les comprendre, il n'y a point de grands raiſonnemens à faire, il ne faut point ſe fatiguer la memoire, il ne faut qu'imaginer. Ils n'émeuvent nos paſſions, que pour les appaiſer ; ils n'excitent noſtre crainte ou noſtre compaſſion, que pour nous faire voir hors du peril ou de la miſere, ceux pour qui nous craignons, ou que nous plaignons ; ils ne touchent nôtre tendreſſe, que pour nous faire voir heureux ceux que nous aimons ; ils ne nous donnent de la haine que pour nous faire voir miſerables ceux que nous haïſſons ; enfin toutes nos paſſions s'y trouvent agreablement excitées & calmées.

f iij

C'eſt pourquoy ceux qui agiſſent plus par
paſſion que par raiſon, & qui travaillent
plus de l'imagination que de l'entendement, y ſont les plus ſenſibles : quoy que
les derniers le ſoient auſſi, mais d'une autre ſorte. Ils ſont touchés des beautés de
l'art, & de ce qui part de l'entendement:
mais les premiers, tels que ſont les enfans & les ſimples, le ſont ſeulement de
ce qui frappe leur imagination & agite
leurs paſſions, & ils aiment les fictions
en elles-meſme, ſans aller plus loin. Or les
fictions n'eſtant que des narrations
vrayes en apparence, & fauſſes en effet, les eſprits des ſimples qui ne voyent
que l'eſcorce, ſe contentent de cette apparence de verité, & s'y plaiſent : mais ceux
qui penetrent plus avant & vont au ſoli-
de, ſe dégouſtent aiſément de cette
fauſſeté. De ſorte que les premiers aiment
la fauſſeté à cauſe de la verité apparente
qui la cache, & les derniers ſe rebutent de
cette image de verité, à cauſe de la fauſſeté effective qu'elle cache, ſi cette fauſſeté n'eſt d'ailleurs ingenieuſe, miſterieu-

fe , & inftructive , & ne fe fouftient par l'excellence de l'invention & de l'art. Et S. Auguftin dit en quelque endroit que ces fauffetés qui font fignificatives , & enveloppent un fens caché , ne font pas des menfonges , mais des figures de la verité ; dont les plus fages , & les plus faints perfonnages , & noftre Seigneur mefme fe font fervis.

Puis qu'il eft donc vray que l'ignoran-ce & la groffiereté font les grandes four-ces de menfonge , & que ce débordement de Barbares qui fortirent du Septentrion, inonda toute l'Europe , & la plongea dans une fi profonde ignorance , qu'elle n'en eft fortie que depuis environ deux fie-cles , n'eft-il pas bien vray-femblable que cette ignorance produifit dans l'Europe le mefme effet qu'elle a toûjours produit par tout ailleurs ? & n'eft-ce pas en vain que l'on cherche dans le hazard ce que nous trouvons dans la nature ? Il n'y a donc pas lieu de contefter que les Ro-mans François , Alemans, & Anglois, & toutes les Fables du Nord, font du crû du

païs, nées fur les lieux, & n'y ont point
esté apportées d'ailleurs; quelles n'ont
point d'autre origine que les histoires
remplies de fauffetez, qui furent faites
dans des temps obfcurs, pleins d'ignorance, où l'induftrie & la curiofité manquoient pour découvrir la verité des chofes, & l'art pour les efcrire; que ces Hiftoires meflées du vray & du faux, ayant
esté bien receuës par des peuples demy
barbares, les Hiftoriens eurent la har-
dieffe d'en faire de purement fuppofées,
qui font les Romans. C'eft mefme une
opinion receuë que le nom de Roman fe
donnoit autrefois aux Hiftoires, & qu'il
s'appliqua depuis aux fictions : ce qui eft
un tefmoignage invincible que les unes
font venuës des autres : *Romanzi*, dit le
Pigna, fecundo la commune opinione in Fran-
cefe detti erano gli annali : & percio le güer-
re di parte in parte notate fotto quefto nome vfci-
vano. Pofcia alcuni dalla verita partendofi,
quantunque fauoleggiaffero, cofi apunto chia-
marono li fcritti loro.. Strabon dans un paffage que j'ay defia allegué, dit que les hi-

stoires desPerses,desMedes & desSyriens n'ont pas merité beaucoup de creance; parce que ceux qui les ont escrites, voyant que les conteurs de fables estoient en reputation , crurent s'y mettre aussi en escrivant des fables en forme d'histoires, c'est à dire des Romans. D'où l'on peut conclure que les Romans selon toutes les apparences, ont eu parmy nous la mesme origine , qu'ils ont eu autrefois parmy ces peuples.

Mais pour revenir aux Troubadours ou Trouverres de Provence, qui furent en France les Princes de la Romancerie dés la fin du dixiesme siecle, leur mestier plut à tant de gens, que toutes les Provinces de France , comme j'ay dit , eurent aussi leurs Trouverres. Elles produisirent dans l'onziesme siecle, & dans les suivans , une multitude nompareille de Romans en Prose & en Vers, dont plusieurs, malgré l'envie du temps, se sont conservez jusqu'à nous. De ce nombre estoient les Romans de Garin le Loheran , de Tristan, de Lancelot du

Lac, de Bertain, du Saint Greal, de Merlin, d'Artus, de Perceval, de Perceforest, & de la plufpart de ces cent ving-fept Poëtes, qui ont vefcu devant l'an mil trois cens, dont le Prefident Fauchet a fait la cenfure. Ie n'entreprendray pas de vous en faire la lifte, ny d'examiner fi les Amadis de Gaule font originaires d'Efpagne, de Flandres, ou de France, & fi le Roman de Tiel Vlefpiegle eft une traduction de l'Alleman, ny en quelle langue a premierement efté écrit le Roman des fept Sages de Rome, ou de Dolopathos; qu'on dit qui a efté pris des Paraboles de Sandaber Indien; qu'on dit mefme qui fe trouve en Grec dans quelques Bibliotheques; qui a fourny la matiere du livre Italien intitulé Erastus, & de plufieurs des nouvelles de Bocace, comme le mefme Fauchet l'a remarqué; qui fut écrit en Latin par Iean Moine de l'Abbaye de Hautefelve, dont on voit de vieux exemplaires; & traduit en François par le Clerc Hebert vers la fin du douziéme fiecle; & en Aleman depuis

prés de trois cens ans ; & d'Aleman en Latin depuis cent ans par un favant homme,
qui ignoroit que cet Aleman venoit du
Latin, & qui en changea les noms. Il me
fuffira de vous dire que tous ces ouvrages, aufquels l'ignorance avoit donné la
naiffance, portoient des marques de leur
origine , & n'étoient qu'un amas de
fictions groffierement entaffées les unes
fur les autres, & bien efloignées de ce fou-
verain degré d'art & d'elegance, où noftre
nation a depuis porté les Romans. Il eft
vray qu'il y a fujet de s'eftonner qu'ayant
cedé aux autres le prix de la Poëfie Epique & de l'Hiftoire, nous ayons emporté
celui-cy avec tant de hauteur, que leurs
plus beaux Romans n'égalent pas les
moindres des noftres. Ie crois que nous
devons cét avantage à la politeffe de nôtre galanterie, qui vient, à mon avis, de
la grande liberté dans laquelle les hommes vivent en France avec les femmes.
Elles font prefque, reclufes en Italie &
en Efpagne, & font feparées des hommes
par tant d'obftacles, qu'on les voit peu,

& qu'on ne leur parle presque jamais. De
sorte que l'on a negligé l'art de les cajoler
agreablement , parce que les occasions
en estoient rares. L'on s'applique seulement à surmonter les difficultés de les
aborder , & cela fait , on profite du temps
sans s'amuser aux formes. Mais en France
les Dames vivant sur leur bonne foy , &
n'ayant point d'autres défenses que leur
propre cœur , elles s'en sont fait un ram-
part plus fort & plus seur que toutes les
clefs , que toutes les grilles , & que toute
la vigilance des Doüegnes. Les hommes
ont donc esté obligés d'assieger ce ram-
part par les formes , & ont employé tant
de soin & d'adresse pour le reduire , qu'ils
s'en sont fait un art presque inconnu aux
autres peuples. C'est cet art qui distin-
gue les Romans François des autres Romans , & qui en a rendu la lecture si de-
licieuse, qu'elle a fait negliger des lectu-
res plus utiles. Les Dames ont esté les premieres prises à cet appas:elles ont fait toute leur estude des Romans , & ont tellement méprisé celle de l'ancienne Fable &

& de l'Histoire, qu'elles n'ont plus entendu des ouvrages qui tiroient de là autrefois leur plus grand ornement. Pour ne
rougir plus de cette ignorance, dont elles
avoient si souvent occasion de s'appercevoir, elles ont trouvé que c'estoit plûtost fait de desapprouver ce qu'elles
ignoroient, que de l'apprendre. Les hommes les ont imitées pour leur plaire ; ils
ont condamné ce qu'elles condamnoient,
& ont appellé pedanterie, ce qui faisoit
une partie essentielle de la politesse, encore du temps de Malherbe. Les Poëtes,
& les autres Escrivains François qui l'ont
suivy, ont esté contraints de se soufmet-
tre à ce jugement ; & plusieurs d'entr'eux
voyant que la connoissance de l'antiquité leur estoit inutile, ont cessé d'étu-
dier ce qu'ils n'osoient plus mettre en
usage. Ainsi une bonne cause a produit un
tres-mauvais effet, & la beauté de nos
Romans a attiré le mépris des belles lettres, & en suite l'ignorance.

Ie ne pretens pas pour cela en condamner la lecture. Les meilleures cho-

ses du monde ont toujiours quelques suites fâcheuses. Les Romans en peuvent avoir de pires encore que l'ignorance. Ie sçais de quoy on les accuse : ils dessechent la devotion, ils inspirent des passions déreglées, ils corrompent les meurs. Tout cela peut arriver, & arrive quelquefois. Mais dequoy les esprits mal faits ne peuvent-ils point faire un mauvais usage? Les ames foibles s'empoisonnent elles-mesme, & font du venin de tout. Il leur faut donc interdire l'histoire, qui raporte tant de pernicieux exemples, & la Fable, ou les crimes sont autorisés par l'exemple mesme des Dieux. Vné statuë de marbre qui faisoit la devotion publique parmy les Payens, fist la passion, la brutalité, & le desespoir d'un jeune homme. Le Cherea de Terente se fortifie dans un dessein criminel à la veuë d'un Tableau de Iupiter, qui attiroit peut-estre le respect de tous les autres spectateurs. On a eu peu d'égard à l'honnesteté des meurs dans la pluspart des Romans Grecs, & des vieux François, par le vice

des temps où ils ont esté composez. L'A-
strée mesme, & quelques-uns de ceux
qui l'ont suivie, sont encore un peu licentieux : mais ceux de ce temps, je parle
des bons, sont si esloignez de ce défaut,
qu'on n'y trouvera pas une parole, pas
une expression qui puisse blesser les oreilles chastes, pas une action qui puisse offenser la pudeur. Si l'on dit que l'amour
y est traitté d'une maniere si delicate, &
si insinuante, que l'amorce de cette dan-
gereuse passion entre aisément dans de
jeunes cœurs : je répondray que non seulement il n'est pas perilleux, mais qu'il est
mesme en quelque sorte necessaire que
les jeunes personnes du monde connoissent cette passion, pour fermer les oreilles
à celle qui est criminelle, & pouvoir se dé-
mesler de ses artifices; & pour savoir se
conduire dans celle qui a une fin honneste
& sainte. Ce qui est si vray, que l'experience fait voir que celles qui connoissent moins l'amour en sont les plus sus-
ceptibles, & que les plus ignorantes sont
les plus dupes. Adjoustez à cela que rien

ne dérouille tant l'esprit, ne sert tant à le
façonner & le rendre propre au monde,
que la lecture des bons Romans. Ce sont
des precepteurs muets, qui succedent à
ceux du College, & qui apprennent à parler & à vivre d'une methode bien plus
instructive, & bien plus persuasive que la
leur, & de qui on peut dire ce qu'Horace
disoit de l'Iliade d'Homere, qu'elle en-
seigne la Morale plus fortement & mieux
que les Philosophes les plus habiles.

    Monsieur d'Vrfé fut le premier qui les
tira de la barbarie, & les remist dans les
regles en son incomparable Astrée, l'ouvrage le plus ingenieux & le plus poly,
qui eust jamais paru en ce genre, & qui
a terny la gloire que la Grece, l'Italie &
l'Espagne s'y estoient acquise. Il n'osta
pourtant pas le courage à ceux qui vinrent apres luy d'entreprendre ce qu'il
avoit entrepris, & n'occupa pas si fort
l'admiration publique, qu'il n'en restast
encore pour tant de beaux Romans, qui
parurent en France apres le sien. L'on
n'y vit pas sans étonnement ceux qu'une
fille

fille autant illustre par sa modestie, que par son merite, avoit mis au jour sous un nom emprunté se privant si genereusement de la gloire qui luy estoit deuë, & ne cherchant sa recompense que dans sa vertu : comme si, lors qu'elle travailloit ainsi à la gloire de nostre nation, elle eût voulu épargner cette honte à nostre sexe. Mais enfin le temps luy a rendu la justice qu'elle s'étoit refusée, & nous a appris que l'illustre Bassa, le Grand Cyrus, & Clelie sont les ouvrages de Mademoiselle de Scudery ; afin que desormais l'art de faire les Romans, qui pouvoit se defendre contre les censeurs scrupuleux, non seulement par les loüanges que luy donne le Patriarche Photius, mais encore par les grands exemples de ceux qui s'y sont appliquez, pust aussi se justifier par le sien ; & qu'apres avoir esté cultivé par des Philosophes, comme Apulée, & Athenagoras ; par des Preteurs Romains, comme Sisenna ; par des Consuls, comme Petrone ; par des pretendans à

l'Empire , comme Clodius Albinus; par
des Prestres , comme Theodorus Prodromus; par des Evesques , comme Heliodore , & Achillés Tatius ; par des
Papes , comme Pie secod , qui avoit
écrit les Amours d'Euryale & de Lu-
crece ; & par des Saints , comme Iean
Damascene ; il eust encore l'avantage
d'avoir esté exercé par une sage & ver-
tueuse fille. Pour vous , Monsieur ,
puisqu'il est vray, comme je l'ay monstré , & comme Plutarque l'assure,
qu'un des plus grands charmes de l'esprit humain , c'est le tissu d'une Fable
bien inventée , & bien racontée ; quel
succez ne devés vous pas esperer de
Zayde, dont les auantures sont si nouvelles & si touchantes , & dont la narration est si juste & si polie. Ie souhait-
terois pour l'interest que je prens à la
gloire du grand Roy que le Ciel a mis
sur nos testes , que nous eussions l'histoire de son regne merveilleux écrite
d'un stile aussi noble , & avec autant
d'exactitude & de discernement. La

vertu qui conduit ſes belles actions eſt ſi heroïque, & la fortune qui les accompagne, eſt ſi ſurprenante que la poſterité douteroit ſi ce ſeroit une Hiſtoire, ou un Roman.

F I N.

Honor pulcherrima merces
Ipse sibi.

ZAYDE,

HISTOIRE
ESPAGNOLE.

PREMIERE PARTIE.

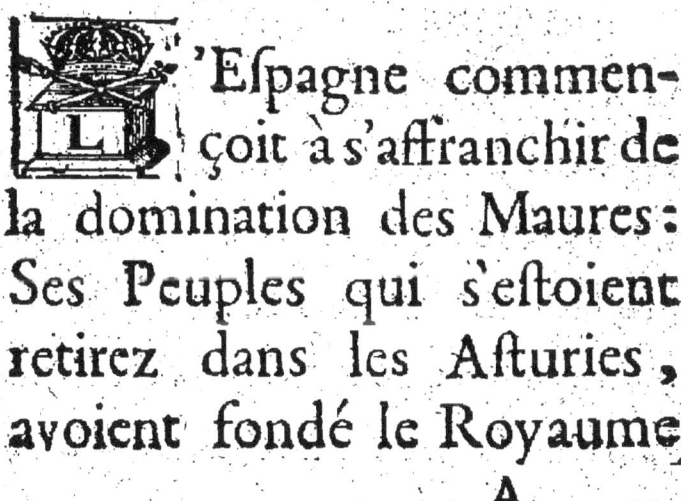'Espagne commen-
çoit à s'affranchir de
la domination des Maures:
Ses Peuples qui s'eſtoient
retirez dans les Aſturies,
avoient fondé le Royaume

A

de Leon ; ceux qui s'eſtoient retirez dans les Pyrenées, a-voient donné naiſſance au Royaume de Navarre : Il s'é-toit élevé des Comtés de Bar-celonne & d'Arragon ; ainſi cent cinquante ans apres l'en-trée des Maures, plus de la moitié de l'Eſpagne ſe trou-voit délivrée de leur tyran-nie.

De tous les Princes Chré-tiens qui y regnoient alors, il n'y en avoit point de ſi re-doutable qu'Alphonſe Roy de Leon, ſurnômé le Grand: Ses predeceſſeurs avoient joint la Caſtille à leur Royaume : D'abord cette Province avoit esté commandée par des Gouverneurs, qui dans la suitte des temps avoient rendu leur Gouvernement hereditaire; & l'on commençoit à craindre qu'ils ne s'en voulussent faire Souverains. Ils s'appelloient tous Comtes de Castille ; les plus puissans estoient Diego Porcellos & Nugnez Fernando : Ce dernier estoit considerable par ses grandes terres & par la grandeur de son esprit ; Ses Enfans servoient encore à soustenir sa fortune, & à l'augmenter. Il avoit un Fils

& une Fille d'une beauté extraordinaire : Le Fils qui s'appelloit Consalve , ne voyoit
rien dans toute l'Espagne
qu'on luy pût comparer ; &
son esprit & sa personne a-
voient quelque chose de si
admirable, qu'il sembloit que
le Ciel l'eût formé d'une maniere differente du reste des
hommes.

Des raisons importantes
l'avoient obligé à quitter la
Cour de Leon ; & les sensibles déplaisirs qu'il y avoit
receus luy avoient inspiré le
dessein de sortir de l'Espagne , & de se retirer dans

quelque Solitude. Il vint dans l'extremité de la Catalogne à deffein de s'embarquer fur le premier vaiffeau, qui feroit voile pour une des Ifles de la Grece. Le peu d'attention qu'il avoit à toutes chofes, luy faifoit fouvent prendre d'autres chemins que ceux qu'on luy avoit enfeignez: Au lieu de paffer la riviere d'Ebre à Tortofe, comme on luy avoit dit qu'il le faloit faire, il fuivit fes bords quafi iufques à fon emboucheure. Il s'apperçeut alors qu'il s'eftoit beaucoup deftourné; il s'enquit s'il n'y avoit point de barque ; on luy dift qu'il n'en trouveroit pas au lieu où il eftoit; mais que s'il vouloit aller iufques à un petit Port affez proche, il en trouveroit qui le mene-roient à Tarragone. Il mar-cha iufques à ce Port, il def-cendit de cheval, & deman-da à quelques Pefcheurs s'il n'y avoit point de chalou-pes preftes à partir.

Comme il leur parloit, un homme qui fe promenoit tri-ftement le long de la Mer, furpris de fa beauté & de fa bonne mine, s'arrefta pour le regarder ; & ayant enten-

du ce qu'il demandoit à ces
Pescheurs, prit la parole, &
luy dist; que toutes les bar-
ques estoient allées à Tarragone ; qu'elles ne reviendroient que le lendemain;
& qu'il ne pourroit s'embarquer que le iour d'apres.
Consalve qui ne l'avoit point
apperceu, tourna la teste,
pour voir d'où venoit cette
voix, qui ne luy paroissoit
pas celle d'un Pescheur. Il
fut estonné de la bonne mine de cét Inconnu, comme
cét Inconnu l'avoit esté de
la sienne : Il luy trouva quelque chose de noble & de

grand ; & mesme de la beauté, quoy qu'on vist bien qu'il
avoit passé la premiere jeu-
nesse. Consalve n'estoit gueres en estat de s'arrester à
d'autres choses qu'à ses pensées ; neantmoins la rencontre de cét Inconnu dans un
lieu si desert, luy donna quelque attention ; il le remercia
de l'avoir instruit de ce qu'il
vouloit sçavoir ; & il demanda ensuitte aux Pescheurs où
il pourroit aller passer la nuit.
Il n'y a que ces Cabanes que
vous voyez, luy dist l'Inconnu, & vous n'y sçauriez estre
commodément : Ie ne laisse-

ray pas d'y aller chercher du repos, reprit Confalve ; il y a quelques iours que ie marche fans en avoir ; & ie fens bien que mon corps en a plus de befoin, que mon Efprit ne luy en laiffe. L'Inconnu fut touché de la maniere trifte dont il avoit prononcé ce peu de paroles ; & il ne douta point que ce ne fuft quelque mal-heureux. La conformité qui luy parut dans leurs fortunes , luy donna pour Confalve cette forte d'inclination , que nous avons pour les perfonnes, dont nous croyons les difpofitions pareilles aux noſtres.

Vous ne trouverez point icy de retraitte digne de vous, luy dit-il; mais ſi vous voulez en accepter une que ie vous offre derriere ce bois, vous y ſerez plus commodément que dans ces cabanes. Conſalve avoit tant d'averſion pour la ſocieté des hommes, qu'il refuſa d'abord l'offre que luy faiſoit cét Inconnu ; mais enfin les inſtantes prieres qu'il luy en fiſt, & le beſoin de prendre du repos, le contraignirent de l'accepter.

Il le ſuivit, & apres avoir marché quelque-temps, il

découvrit une maison assez basse, bastie d'une maniere simple ; & neantmoins propre & reguliere. La court n'estoit fermée que de palissades de Grenadiers , non plus que le jardin qui estoit separé d'un bois par un petit ruisseau. Si Consalve eust pû prendre plaisir à quelque chose, l'agreable situation de cette demeure luy en auroit donné. Il demanda à l'Inconnu si ce lieu estoit son sejour ordinaire, & si le hazard ou son choix l'y avoient conduit. Il y a quatre ou cinq ans que ie l'habite, luy ré-

pondit-il ; ie n'en fors que
pour me promener fur le
bord de la Mer ; & depuis
que j'y demeure, ie puis vous
dire que vous eftes la feule
perfonne raifonnable que j'y
aye veuë. La tempefte fait
fouvent brifer des vaiffeaux
contre cette cofte qui eft affez dangereufe ; j'ay fauvé la
vie à quelques mal-heureux,
que j'ay retirez chez moy ;
mais tous ceux que la Fortune y a conduits n'ont efté
que des Eftrangers, avec qui
ie n'euffe pû trouver de converfation , quand j'en aurois
cherché. Vous pouvez iu-

ger par le lieu où ie demeure, que ie n'en cherche pas;
j'avouë neantmoins que ie
suis sensible au plaisir, de voir
une personne comme vous.
Pour moy , repartit Consalve, ie suis tous les hommes;
& j'ay tant de sujet de les
fuyr, que si vous le sçaviez,
vous ne trouveriez pas étrange, que j'eusse eu tant de peine à accepter l'offre que vous
m'avez faite : Vous jugeriez
au contraire , qu'apres les
malheurs qu'ils m'ont cau-
sez , ie dois renoncer pour
jamais à toute sorte de socie-
té. Si vous n'avez à vous

plaindre que des autres, repliqua l'Inconnu, & que vous n'ayez rien à vous reprocher, il y en a de plus mal-heureux que vous; & vous l'estes moins que vous ne pensez. Le comble des malheurs, s'écria-t'il, c'est d'avoir à se plaindre de soy-mesme; c'est d'avoir creusé les abysmes où l'on est tombé; c'est d'avoir esté injuste & déraisonnable : enfin, c'est d'avoir esté la cause des infortunes dont on est accablé. Ie voy bien, reprit Consalve, que vous ressentez les maux dont vous me parlez : Mais qu'ils sont différents de ceux qu'on ressent, quand sans l'avoir merité on est trompé, trahy, & abandonné de tout ce qu'on aymoit davantage. A ce que j'en puis juger, luy repartit l'Inconnu, vous abandonnez vostre patrie, pour fuyr des personnes qui vous ont trahy, & qui sont la cause de vos déplaisirs : mais jugés ce que vous auriez à souffrir, s'il faloit que vous fussiez continuellement avec ces personnes, qui font le malheur de vostre vie; Songez que c'est l'estat où ie suis; que j'afait tout le mal-

heur de la mienne, & que ie
ne puis me feparer de moy-
mefme, pour qui i'ay tant
d'horreur, pour qui i'ay tant
de fujet d'en avoir, non feulement parce que i'en fouffre ; mais parce qu'en a fouffert ce que i'aymois plus que
toutes chofes. Je ne me plain-
drois pas, dit Confalve, fi ie
n'avois à me plaindre que de
moy.   Vous vous trouvez
mal-heureux, parce que vous
avez fujet de vous hayr ; mais
fi vous avez efté aymé fidellement de la perfonne que
vous aymiez, pouvez-vous
ne vous pas trouver heu-
reux.

reux. Peut-estre l'avez-vous
perduë par vostre faute ; mais
vous auez au moins la consolation de penser qu'elle
vous a aymé, & qu'elle vous
aymeroit encore si vous n'a-
viez rien fait qui luy eut pû
déplaire. Vous ne connoissez
point l'amour , si cette seule
pensée ne vous empesche
d'estre mal-heureux: & vous
vous aymez vous-mesme
plus que vostre Maistresse ,
si vous aymez mieux avoir
sujet de vous plaindre d'elle
que de vous. Le peu de part
que vous avez sans doute à
vos malheurs, repliqua l'In-

B

connu , vous empefche de comprendre quel furcroift de douleur ce vous feroit d'y avoir contribué ; mais croyez par la cruelle experience que i'en fais , que de perdre par fa faute ce qu'on aime , eft une forte d'affliction , qui fe fait fentir plus vivement que toutes les autres.

Comme il achevoit ces paroles , ils arriverent dans la maifon , que Confalve trouva auffi jolie par de-dans, qu'elle luy avoit paru par dehors. Il paffa la nuict avec beaucoup d'inquietu-de ; le matin la fiévre luy

prît, & les iours suivans elle
devint si violente, qu'on ap-
prehenda pour sa vie. L'Inconnu en fut sensiblement
affligé ; & son affliction augmenta encore par l'admiration, que luy donnoient toutes les paroles, & toutes les
actions de Consalve. Il ne
pût se défendre du desir de
sçavoir qui estoit une personne qui luy paroissoit si
extraordinaire : il fit plusieurs
questions à celuy qui le servoit ; mais l'ignorance où
cét homme estoit luy-mes-
me du nom & de la qualité
de son Maistre, l'empescha

de satisfaire sa curiosité. Il
luy dit seulement qu'il se faisoit appeller Theodoric , &
qu'il ne croyoit pas que ce
fust son nom veritable : Enfin, apres plusieurs iours de
fiévre continuë, les remedes
& la ieunesse tirerent Consalve hors de peril. L'Inconnu essayoit de le diverrir des
tristes pensées dont il le
voyoit occupé ; il ne le quittoit point : & bien qu'ils ne
parlassent que de choses ge-
neralles , parce qu'ils ne se
connoissoient pas encore, ils
se surprirét l'un & l'autre par
la grandeur de leur esprit.

Cét Inconnu avoit caché
fon nom & fa naiffance, depuis qu'il eftoit dans cette
folitude ; mais il voulut bien
l'apprendre à Confalve. Il
luy dit, qu'il eftoit du Royaume de Navarre, qu'il s'appelloit Alphonfe Ximenes; &
que fes malheurs l'avoient
obligé de chercher une retraite, où il pût en liberté
regretter ce qu'il avoit perdu.
Confalve fut furpris du nom
de Ximenes ; il le connoif-
foit pour un des plus illuftres
de la Navarre ; & il fut vivement touché de la con-
fiance qu'Alphonfe luy té-

moignoit. Quelque raison
qu'il eust de haïr les hommes, il ne pût s'empescher
d'avoir pour luy une amitié,
dont il ne se croyoit plus capable.

Cependant sa santé com-
mençoit à revenir ; & lors
qu'il se porta assez bien pour
s'embarquer, il sentit qu'il
ne quitteroit Alphonse qu'a-
vec peine. Il luy parla de
leur separation, & du dessein qu'il avoit de se retirer
aussi dans quelque solitude.
Alphonse en fut surpris &
affligé ; il s'estoit tellement
accoustumé à la douceur de

la conversation de Consalve,
qu'il n'en pouvoit regarder
la perte qu'avec douleur : Il
luy dit d'abord qu'il n'estoit
pas en estat de partir , & il
essaya ensuitte de luy persuader de n'aller point chercher
d'autre desert que celuy où
le hazard l'avoit conduit.

Je n'oserois esperer , luy
dit-il , de vous rendre cette
demeure moins ennuyeuse :
mais il me semble que dans
une retraite aussi longue que
celle que vous entreprenez,
il y a quelque douceur à n'ê-
tre pas tout à fait seul. Mes
malheurs ne pouvoient re-

cevoir de confolation ; ie
croy neantmoins que i'aurois
trouvé du foulagement , fi
dans de certains momens
i'avois eu quelqu'un avec qui
me plaindre. Vous trouve-
rez icy la mefme folitude,
qu'aux lieux où vous voulez
aller ; & vous aurez la com-
modité de parler quand vous
le voudrez à une perfonne,
qui a une admiration extraordinaire pour voftre merite,
& une fenfibilité pour vos
malheurs , égale à celle qu'il
a pour les fiens.

Le difcours d'Alphonfe
ne perfuada pas d'abord

Consalve, mais peu à peu il
fit de l'impreſſion ſur ſon eſprit: & la conſideration d'une
retraitte privée de toute ſorte de compagnie, jointe à
l'amitié qu'il avoit deſia pour
luy, le fit reſoudre à demeurer dans cette maiſon. La
ſeule choſe qui luy donnoit
de l'embarras, eſtoit la crainte
d'eſtre reconnu. Alphonſe
le raſſeura par ſon exemple,
& luy dit, que ce lieu eſtoit
tellement éloigné de tout
commerce, que depuis tant
d'années qu'il s'y eſtoit retiré, il n'avoit iamais veu perſonne qui l'euſt pû recon-

noiſtre. Conſalve ſe rendit à
ſes raiſons ; & apres s'eſtre
dit l'un à l'autre tout ce que
ſe peuvent dire les deux plus
honneſtes hommes du mon-
de, qui s'engagent à vivre
enſemble, il envoya de ſes
pierreries à un Marchand de
Tarragone, afin qu'il luy fit
tenir les choſes dont il pourroit avoir beſoin. Voila donc
Conſalve eſtably dans cette
ſolitude, avec la reſolution
de n'en ſortir iamais : le voila
abandonné à la reflexion de
ſes malheurs, où il ne trouvoit d'autre conſolation que
de croire qu'il ne pouvoit

plus luy en arriver : mais la Fortune luy fit voir qu'elle trouve iusques dans les deserts ceux qu'elle a resolu de persecuter.

Sur la fin de l'Automne, que les vents commencent à rendre la Mer redoutable, il s'alla promener plus matin que de coustume. Il y avoit eu pendant la nuict une tempeste épouventable ; & la Mer qui estoit encore agitée, entretenoit agreablement sa réverie. Il considera quelque-temps l'inconstance de cét élement , avec les mes-

mes reflexions qu'il avoit
accouftumé de faire fur fa
fortune ; enfuitte il jetta les
yeux fur le rivage, il vid plufieurs marques du débris d'u-
ne chaloupe , & il regarda
s'il ne verroit perfonne qui
fuft encore en eftat de recevoir du fecours. Le Soleil qui
fe levoit, fit briller à fes yeux
quelque chofe d'éclattant,
qu'il ne pût diftinguer d'a-
bord , & qui luy donna feulement la curiofité de s'en
approcher. Il tourna fes pas
vers ce qu'il voyoit ; & en
s'approchant il connut que
c'eftoit une femme magni-

fiquement habillée, esten-
duë fur le fable, & qui fembloit y avoir esté iettée par
la tempefte. Elle eftoit tournée d'une forte qu'il ne pouvoit voir fon vifage : il la re-
leva pour iuger fi elle eftoit
morte ; mais quel fut fon
eftonnement, quand il vid
au travers des horreurs de la
mort la plus grande beauté
qu'il euft iamais veuë. Cette
beauté augmenta fa compaffion, & luy fit defirer que
cette perfonne fuft encore
en eftat d'eftre fecouruë.
Dans ce moment Alphonfe
qui l'avoit fuivy pa. hazard,

s'approcha, & luy aida à la se-
courir. Leur peine ne fut pas
inutile, ils virent qu'elle n'é-
toit pas morte ; mais ils iugerent qu'elle avoit besoin
d'un plus grand secours, que
celuy qu'ils luy pouvoient
donner en ce lieu : Comme
ils estoient assez proche de
leur demeure, ils se resolurent de l'y porter ; si-tost
qu'elle y fut , Alphonse envoya querir des remedes
pour la soulager, & des femmes pour la servir. Lorsque
ces femmes furent venuës ,
& qu'on leur eut laissé la liberté de la mettre au lict,

Confalve revint dãs la chambre, & regarda cette Inconnuë avec plus d'attétion qu'il
n'avoit encore fait. Il fut furpris de la proportion de fes
traits, & de la delicateffe de
fon vifage ; il regarda avec
eftonnement la beauté de fa
bouche, & la blancheur de
fa gorge ; Enfin, il eftoit fi
charmé de tout ce qu'il
voyoit dans cette Eftrangere, qu'il eftoit preft de s'i-
maginer que ce n'eftoit pas
une perfonne mortelle. Il
paffa une partie da la nuict
fans pouvoir s'en éloigner.
Alphonfe luy confeilla d'aller

prendre du repos ; mais il luy répondit qu'il avoit si peu accoustumé d'en trouver, qu'il estoit bien-aise d'avoir une occasion de n'en pas chercher inutilement.

Sur le matin, on s'apperceut que cette Inconnuë commençoit à revenir, elle ouvrit les yeux ; & comme la clarté luy fit d'abord quelque peine, elle les tourna languissamment du costé de Consalve, & luy fit voir de grands yeux noirs, d'une beauté qui leur estoit si particuliere, qu'il sembloit qu'ils estoient faits pour donner tout en-

semble

semble du refpect & de l'a-
mour. Quelque-temps apres
il parut que la connoiffance
luy revenoit, qu'elle diftin-
guoit les objets, & qu'elle
eftoit eftonnée de ceux qui
s'offroient à fa veuë. Confalve ne pouvoit exprimer, par
fes paroles, l'admiration qu'il
avoit pour elle ; il faifoit remarquer fa beauté à Alphonfe, avec cét empreffement
que l'on a pour les chofes qui
nous furprennent, & qui
nous charment.

Cependant la parole ne revenoit point à cette Eftrangere; Confalve jugeant qu'-

C

elle feroit peut-eftre encore
long-temps dans le mefme
eftat, fe retira dans fa chambre. Il ne fe pût empécher
de faire reflexion fur fon
aventure : J'admire, difoit-il,
que la Fortune m'ait fait ren-
contrer une femme dans le
feul eftat, où ie ne pouvois
la fuyr, & où la compaffion
m'engage au contraire a en
avoir foin : I'ay mefme de
l'admiration pour fa beauté ;
mais fi-toft qu'elle fera gue-
rie, ie ne regarderay fes charmes que comme une chofe
dont elle ne fe fervira, que
pour faire plus de trahifons,

& plus de miserables. Qu'elle en fera, grands Dieux ! & qu'elle en a peut-estre desia fait ! quels yeux, quels regards ! que ie plains ceux qui peuvent en estre touchez, & que ie suis heureux dans mon malheur, que la cruelle experience que i'ay faite de l'infidelité des Femmes, me garantisse d'en aymer jamais aucune. Apres ces paroles, il eut quelque peine à s'endormir, & son sommeil ne fut pas long ; il alla voir en quel estat estoit l'Estrangere, il la trouva beaucoup mieux ; mais neantmoins elle ne par-

loit point encore, & la nuit
& le iour fuivant fe paffe-
rent, fans qu'elle prononçaft
une feule parole. Alphonfe
ne pût s'empécher de faire
voir à Confalve, qu'il remar-
quoit avec étonnement le
foin qu'il avoit d'elle. Confalve commença à s'en étonner luy-mefme ; il s'aperçeut
qu'il luy eftoit impoffible de
s'éloigner de cette belle per-
fóne ; il croyoit toûjours qu'il
arriveroit quelquechangemét
confiderable à fon mal, pendant qu'il ne feroit pas auprés
d'elle. Comme il y eftoit, elle
prononça quelques paroles,

il en sentit de la joye & du
trouble ; il s'aprocha pour
entendre ce qu'elle disoit; elle parla encore, & il fut surpris de voir qu'elle parloit
une langue, qui luy estoit
inconnuë. Neantmoins il
avoit desia jugé par ses habits, qu'elle estoit Estrangere ; mais comme ses habits
avoient quelque chose de
ceux des Maures,& qu'il sçavoit bien l'Arabe, il ne dou-
toit pointqu'il ne pût s'en faire entédre.Il luy parla en cette
langue, & il fut encore plus
surpris de voir qu'elle ne l'entendoit point : Il luy parla

Espagnol , & Italien ; mais
tout estoit inutile ; & il ju-
geoit bien par son air attentif
& embarassé, qu'elle ne l'entendoit pas mieux : Elle con-
tinuoit neantmoins à par-
ler, & s'arrestoit quelquefois
comme pour attendre qu'on
luy répondist. Consalve é-
coutoit toutes ses paroles , il
luy sembloit qu'à force de
l'écouter, il pourroit l'entendre. Il fit aprocher tous ceux
qui la servoient, afin de voir
s'ils ne l'entendroient point:
Il luy presenta un livre Espagnol, pour iuger si elle en connoissoit les caracteres , il luy

parut qu'elle les connoissoit ;
mais qu'elle ignoroit cette
langue. Elle étoit triste & in-
quiéte ; & sa tristesse , & son
niquietude augmentoient
celle de Consalve.

Ils estoient en cét estat ,
quand Alphonse entra dans
la chambre , & y fit entrer
avec luy une belle personne,
habillée de la mesme façon
que l'Inconnuë. Si-tost qu'-
elles se virent , elles s'em-
brasserent avec beaucoup de
témoignage d'amitié : Celle
qui entroit prononça plu-
sieurs fois le mot de Zayde,
d'une maniere qui fit con-

noiſtre, que c'eſtoit le nom
de celle à qui elle parloit; &
Zayde prononça auſſi tant
de fois celuy de Felime, que
l'on jugea bien que l'Eſtrangere qui arrivoit ſe nommoit
ainſi. Apres qu'elles eurent
parlé quelque-temps, Zay-
de ſe mit à pleurer avec toutes les marques d'une grande affliction, & elle fit ſigne
de la main qu'on ſe retiraſt.
On ſortit de ſa chambre;
Conſalve s'en alla avec Alphonſe, pour luy demander
où l'on avoit rencontré cette autre Eſtrangere. Alphonſe luy dit, que les Pecheurs

des cabanes voisines l'a-
voient trouvée sur le rivage,
le mesme jour & au mesme
estat qu'il avoit trouvé sa
compagne. Elles auront de
la consolation d'estre ensemble, reprit Consalve ; mais
Alphonse, que pensez-vous
de ces deux personnes ; à en
juger par leurs habits, elles
sont d'vn rang au dessus du
commun: comment ce sont-
elles exposées sur la Mer dans
une petite barque, ce n'est
point dans un grand vaisseau
qu'elles ont fait nauffrage ;
celle que vous avez amenée
à Zayde luy a apris une nou-

velle, qui luy a donné beaucoup de douleur ; enfin il
y a quelque chose d'extraordinaire dans leur fortune. Ie
le croy comme vous, répondit Alphonse, ie suis estonné de leur aventure, & de
leur beauté ; Vous n'avez
peut-estre pas remarqué celle de Felime ; mais elle est
grande, & vous en auriez
esté surpris, si vous n'aviez
point veu Zayde.

A ces mots ils se separe-
rent, Consalve se trouva encore plus triste qu'il n'avoit
accoustumé de l'estre ; & il
sentit que la cause de sa tri-

stesse venoit de l'affliction,
qu'il avoit de ne pouvoir se
faire entendre de cette Inconnuë ; Mais, qu'ay-je à luy
dire, reprenoit-il en luy-mesme ; & que veux-je apprendre d'elle ? Ay-je dessein de
luy conter mes malheurs ?
Ay-je envie de sçavoir les
siens, la curiosité peut-elle se
trouver dans un homme aussi malheureux que moy ?
Quel interest puis-je prendre
aux infortunes d'une per-
sonne que ie ne cónois point?
Pourquoy faut-il que ie sois
triste de la voir affligée ?
Sont-ce les maux que j'ay

foufferts, qui m'ont apris à
avoir pitié de ceux des autres ? Non, fans doute, ad-
joûtoit-il, c'eft la grande retraitte où ie fuis, qui me fait
avoir de l'attention pour une
aventure affez extraordinaire en effet ; mais qui ne m'oc-
cuperoit pas long-temps, fi
i'eftois diverty par d'autres
objets.

Malgré cette reflection, il
paffa la nuit fans dormir, &
une partie du iour avec beaucoup d'inquietude, parce
qu'il ne pût voir Zayde :
Sur le foir, on luy dit qu'elle
eftoit levée, & qu'elle ve-

noit de prendre le chemin de
la Mer : Il la fuivit , & la
trouva affife fur le rivage ,
les yeux tous baignez de larmes. Lors qu'il s'approcha
d'elle , elle s'avança vers luy
avec beaucoup de civilité, &
de douceur ; il fut furpris
de trouver dans fa taille , &
dans fes actions , autant de
charmes , qu'il en avoit déja trouvé dans fon vifage :
Elle luy monftra une petite
barque, qui eftoit fur la Mer,
& luy nomma plufieurs fois
Thunis, comme s'adreffant
à luy pour demander qu'on
l'y fift conduire. Il luy fit fi-

gne en luy monſtrant la Lu-
ne, qu'elle ſeroit obeyé; lors
que cét Aſtre qui éclairoit a-
lors auroit fait deux fois ſon
tour. Elle parut compren-
dre ce qu'il luy diſoit , &
bien - toſt apres elle ſe mit à
pleurer.

Le iour ſuivant elle ſe trouva mal ; il ne puſt la voir, depuis qu'il eſtoit dans cette
ſolitude, il n'avoit point trouvé de iournée ſi longue & ſi
ennuyeuſe.

Le lendemain, ſans en ſçavoir luy - meſme la cauſe , il
quitta cette grande negligen-
ce, où il eſtoit depuis ſa re-

traitte ; & comme il eſtoit
l'homme du monde le mieux
fait , la ſimple propreté le
paroit davantage que la ma-
gnificence ne pare les autres.
Alphonſe le rencontra dans
le bois , & s'étonna de le voir
ſi different de ce qu'il avoit
accouſtumé d'eſtre. Il ne pût
s'empécher de ſoûrire en le
regardant , & de luy dire ,
qu'il eſtoit bien-aiſe de juger
par ſon habit , que ſon affliction commençoit à dimi-
nuer , & qu'il trouvoit enfin
dans ce deſert quelque a-
douciſſement à ſes mal-heurs.
Je vous entends, Alphonſe ,

répondit, Confalve , vous
croyez que la veuë de Zayde eſt le ſoulagement que
ie trouve à mes maux ; mais
vous vous trompez , ie n'ay
pour Zayde que la com-
paſſion qui eſt deuë à ſon
mal-heur , & à ſa beauté.
I'ay de la compaſſion pour
elle auſſi bien que vous , repliqua Alphonſe ; ie la plains,
& ie voudrois la ſoulager ;
mais ie ne ſuis pas ſi attaché
aupres d'elle ; ie ne l'obſerve
pas avec tant de ſoin ; ie ne
ſuis pas affligé de ne la point
entendre ; ie n'ay pas tant
d'envie de luy parler ; ie ne
                              fus

fus point hier plus trifte qu'à
mon ordinaire , parce qu'on
ne l'a vid point, & ie ne fuis
pas aujourd'huy moins negligé que de couftume : Enfin,
puifque i'ay de la pitié auffi
bien que vous , & que neantmoins nous fommes fi diffe-
rents , il faut que vous ayez
quelque chofe de plus.

Confalve n'interrompit
point Alphonfe, & il paroif-
foit examiner en luy-mefme,
fi tout ce qu'il luy difoit
eftoit veritable : Comme il
eftoit preft de luy répondre,
on le vint avertir, felon l'ordre qu'il en avoit donné, que

D

Zayde estoit sortie de sa
chambre, & qu'elle se promenoit du costé de la Mer.
Alors sans considerer qu'il
alloit confirmer Alphonse
dans ses soupçons, il le quitta
pour aller chercher Zayde.
Il l'a vid de loin assise avec
Felime, au mesme lieu où elles estoient deux iours auparavant ; il ne put se defendre de la curiosité d'observer
leurs actions ; il crut qu'il en
pourroit tirer quelque connoissance de leurs fortunes:
Il vid que Zayde pleuroit, il
jugea que Felime taschoit de
la consoler ; Zayde ne l'é-

coutoit pas , & regardoit
toûjours vers la Mer avec
des actions , qui firent penser à Consalve , qu'elle regrettoit quelqu'vn, qui avoit
fait naufrage avec elle. Il
l'avoit desia veuë pleurer au
mesme lieu ; mais comme elle
n'avoit rien fait qui luy pust
marquer le sujet de son affliction , il avoit crû qu'elle
pleuroit seulement de se trouver si éloignée de son pays :
Il s'imagina alors que les larmes qu'il luy voyoit verser,
estoient pour un Amant qui
avoit pery ; que c'estoit peut-
estre pour le suivre , qu'elle

s'eſtoit expoſée au peril de
la Mer ; & enfin il crut
ſçavoir, comme s'il l'euſt appris d'elle meſme , que l'A-
mour eſtoit la cauſe de ſes
pleurs.

On ne peut exprimer ce
que ſes penſées produiſirent
dans l'ame de Conſalve, & le
trouble qu'aporta la jalouſie
dans un cœur, où l'amour ne
s'eſtoit pas encore declaré. Il
avoit eſté Amoureux ; mais
il n'avoit iamais eſté jaloux :
cette paſſion qui luy eſtoit
inconnuë ſe fiſt ſentir en luy,
pour la premiere fois, avec
tant de violence , qu'il crut

eſtre frappé de quelque douleur, que les autres hom-
mes ne connoiſſoient point.
Il avoit, ce luy ſembloit, é-
prouvé tous les maux de la
vie, & cependant il ſentoit
quelque choſe de plus cruel,
que tout ce qu'il avoit éprouvé. Sa raiſon ne pût demeurer libre, il quitta le lieu où
il eſtoit pour s'aprocher de
Zayde, dans la penſée de
ſçavoir d'elle-meſme le ſujet
de ſon affliction ; & aſſeuré
qu'elle ne luy pouvoit répondre, il ne laiſſa pas de le
luy demander. Elle eſtoit
bien éloignée de comprendre

ce qu'il luy vouloit dire, elle
essuya ses larmes, & se mit
à se promener avec luy. Le
plaisir de la voir & d'estre
regardé par ses beaux yeux,
calma l'agitation où il estoit,
il s'aperçeut de l'égarement
de son esprit, & il remit son
visage le mieux qu'il luy fut
possible. Elle luy nomma encore plusieurs fois Thunis,
avec beaucoup d'empresse-
ment, & beaucoup de mar-
ques de vouloir y estre conduite. Il n'entendoit que trop
bien ce qu'elle luy demandoit; la pensée de la voir partir, luy donnoit desia une

douleur fenfible; enfin, c'é-
toit feulement par les douleurs que donne l'Amour,
qu'il s'apercevoit d'en avoir,
& la jaloufie & la crainte de
l'abfence le tourmentoient a-
vant mefme qu'il connutqu'il
eftoit amoureux. Il auroit crû
avoir fujet de fe plaindre de
fon malheur, quand il n'auroit
fait que s'apercevoir , qu'il
avoit de l'Amour ; mais de
fe trouver tout d'un coup
de l'amour & de la jaloufie;
ne pouvoir entendre celle
qu'il aimoit ; n'en pouvoir
eftre entendu; n'en rien connoiftre que la beauté ; n'en-

visager qu'une absence eternelle, c'estoit tant de maux
à la fois, qu'il estoit impossible d'y resister.

Pendant qu'il faisoit ces
tristes reflexions, Zayde con-
tinuoit de se promener avec
Felime ; & apres s'estre pro-
menée assez long-temps, elle
alla s'asseoir sur le rocher, &
se mit encore à pleurer en
regardant la Mer ; & en
l'a monstrant à Felime,
comme si elle l'eust accusée
du mal-heur qui luy fai-
soit répandre tant de larmes.
Consalve pour la divertir,
luy fit remarquer des Pes-

cheurs, qui eſtoient aſſez
proche. Malgré la triſteſſe
& le trouble de ce nouvel
Amant, la veuë de celle qu'il
aimoit, luy donnoit une ioye
qui luy rendoit ſa premiere
beauté, & comme il eſtoit
moins negligé que de couſtume, il pouvoit avec raiſon ar-
rêter les yeux de tout le monde. Zayde commença à le
regarder avec attention ; en
ſuitte avec eſtonnement ; &
apres l'avoir long-temps
conſideré, elle ſe tourna vers
ſa compagne, & luy fit ob-
ſerver Conſalve, en luy di-
ſant quelque choſe. Felime

le regarda, & répondit à Zayde avec une action qui témoignoit aprouver ce qu'elle venoit de luy dire. Zayde regardoit encore Confalve, & re-
parloit enfuitte à Felime;
Felime en faifoit de mefme;
enfin elles firent iuger à Confalve qu'il reffembloit à quelqu'un qu'elles connoiffoient.
D'abord cette penfée ne luy
fit aucune impreffion; mais
il trouva Zayde fi occuppée
de cette reffemblance, & il
luy parut fi clairement, qu'au
milieu de fa trifteffe, elle
avoit quelque ioye en le regardant, qu'il s'imagina qu'il

ressembloit à cét Amant, qu'-
elle luy paroissoit regretter.

Pendât tout le reste du iour,
Zayde fit plusieurs actions
qui luy confirmerent son
soupçon: Sur le soir Felime &
elle se mirēt à chercher quelque chose parmy le débris de
leur naufrage: Elles cherche-
rent avec tant de soin, & Consalve leur vid tant de marques
de chagrin d'avoir cherché
inutilement, qu'il en prit encore de nouveaux sujets d'inquietude. Alphonse vid bien
le desordre de son esprit; &
apres qu'ils eurent reconduit
Zayde dans son appartement,

il demeura dans la chambre
de Confalve.

Vous ne m'avez point
encore raconté tous vos mal-
heurs paffez, luy dit-il ; mais
il faut que vous m'avoüiez
ceux que Zayde commence
de vous caufer. Un homme
auffi Amoureux que vous
me le paroiffez , trouve toûjours de la douceur à parler
de fon amour ; & quoy que
voftre mal foit grand, peut-
eftre que mon fecours , &
mes confeils , ne vous feront
pas inutiles. Ah ! mon cher
Alphonfe, s'écria Confalve,
que ie fuis malheureux, que

ie suis foible, que ie suis dé-
sesperé; & que vous estes
sage d'avoir vû Zayde & de
ne l'avoir pas aimée. l'avois
bien iugé, reprit Alphonse,
que vous l'aimiez; vous ne
voulustes pas me l'avouër :
Je ne le scavois pas moy-
mesme, interrompit Consalve; la ialousie seule m'a fait
sentir que i'estois Amoureux:
Zayde pleure quelque A-
mant, qui a fait naufrage;
c'est ce qui la meine tous les
iours sur le bord de la Mer;
elle va pleurer au mesme lieu
où elle croit que cét Amant
a pery; enfin, i'ayme Zayde,

& Zayde en aime un autre;
& c'eſt de tous les malheurs,
celuy qui m'a paru le plus redoutable , & celuy dont ie
me croyois le plus éloigné,
Je m'eſtois flatté, que ce n'é-
toit peut-eſtre pas un Amant
que Zayde regrettoit; mais
ie la trouve trop affligée pour
en douter ; i'en ſuis encore
perſuadé par le ſoin que ie
luy ay vû de chercher quelque choſe , qui vient ſans
doute de ce bien - heureux
Amant : Et ce qui me pa-
roiſt plus cruel que tout ce
que ie viens de vous dire, je
reſſemble, Alphonſe, à ce-

luy qu'elle aime; Elle s'en
est apperceuë en se prome-
nant; i'ay remarqué de la
ioye dans ses yeux de voir
quelque chose qui l'en fit
souvenir : Elle m'a monstré
vingt fois à Felime, elle luy
a fait considerer tous mes
traits; enfin elle m'a regardé
tout le iour : mais ce n'est
pas moy qu'elle void, ny a
qui elle pense; quand elle me
regarde; ie la fais souvenir
de la seule chose que ie voudrois luy faire oublier : ie suis
mesme privé du plaisir de
voir ses beaux yeux tournez
sur moy, & elle ne peut plus

me regarder sans me donner
de la jalousie.

Consalve dit toutes ces paroles avec tant de rapidité,
qu'Alphonse ne pût l'inter-
rompre ; mais quand il eut
cessé de parler ; Est-il possible, luy dit-il, que tout ce
que vous m'apprenez soit veritable, & la tristesse où vous
vous estes accoustumé, ne
forme-t-elle point l'idée d'un
malheur si extraordinaire.
Non, Alphonse, ie ne me
trompe point, répondit Consalve ; Zayde regrette un A-
mant qu'elle aime, & ie l'en
fais souvenir. La Fortune
　　　　　　　　　　m'em-

m'empesche bien de me former des malheurs au dessus de ceux qu'elle me cause ; elle va au delà de ce que ie pourrois imaginer. Elle en invente pour moy qui sont inconnus aux autres hommes ; & si ie vous avois raconté la suitte de ma vie, vous seriez contraint d'avoüer que i'ay eu raison de vous soustenir que i'estois plus malheureux que vous. Je n'oserois vous dire, repliqua Alphonse, que si vous n'aviez point de raison importante de vous cacher à moy, vous me donneriez

E

toute la ioye que ie puis auoir
de m'apprendre qui vous
estes; & quels sont les mal-
heurs que vous iugez plus
grands que les miens. Ie
sçay bien qu'il n'y a pas de
iustice de vous demander,
ce que ie vous demande,
sans vous apprendre en mesme temps quelles sont mes
infortunes : mais pardon-
nez à un mal - heureux,
qui ne vous a pas caché son
nom & sa naissance, & qui
ne vous cacheroit pas ses a-
vantures, s'il vous estoit vti-
le de les sçavoir; & s'il vous
les pouvoit dire, sans renou-

veller des douleurs, que plufieurs années ne commen-
cent qu'à peine d'effacer.
Je ne vous demanderay ia-
mais, repliqua Confalve, ce
qui pourra vous donner de
la peine ; mais ie me reproche à moi-mefme, de ne
vous avoir pas dit qui ie fuis.
Quoy que i'euffe refolu de
ne le declarer à perfonne, le
merite extraordinaire qui me
paroift en vous, & la recon-
noiffance que ie dois à vos
foins, me forcent de vous
avoüer, que mon veritable
nom eft Confalve ; & que ie
fuis fils de Nugnez Fernando

Comte de Castille , dont la
reputation est sans doute par-
venuë iusques à vous.   Se-
roit-il possible , s'écria Alphonse, que vous fussiez ce
Consalve si fameux dés ses
premieres Campagnes , par
la défaite de tant de Maures ,
& par des actions d'une valeur qui a donné de l'admiration à toute l'Espagne ! Ie
sçay les commencemens d'u-
ne si belle vie, & lors que ie
me retiray dans ce desert, i'a-
vois desia appris avec estonnement, que dans la fameu-
se Bataille que le Roy de
Leon gagna contre Ayola,

le plus grand Capitaine des
Maures , vous seul fistes
tourner la Victoire du costé
des Chrestiens ; & qu'en
montant le premier à l'as-
faut de Zamora , vous fu-
stes cause de la prise de cette Place, qui contraignit les
Maures à demander la Paix.
La solitude où i'ay vécu depuis, m'a laissé ignorer la suitte de ces heureux commen-
cemens : mais ie ne puis douter qu'elle n'y réponde. Ie ne
croyois pas que mō nom vous
fust connu , répondit Consalve ; & ie me trouve heureux que vous soyez preve-

nu en ma faveur, par une reputation que ie n'ay peut-
eftre pas meritée. Alphonfe
redoubla alors fon attention,
& Confalve commença en
ces termes.

HISTOIRE
DE
CONSALVE

ON Pere eſtoit le plus conſiderable de la Cour de Leon, lors qu'il m'y fit paroiſtre avec un éclat proportionné à ſa Fortune. Mon inclination, mon âge, & mon devoir, m'attacherent au Prince Dom Garcie fils aiſné du Roy. Ce Prince eſt jeune, bien-fait, & ambitieux : Ses

E iiij

bonnes qualitez surpaſſent de beaucoup ſes défauts; & l'on peut dire qu'il n'en paroiſt en luy que ceux, que les paſſions y font naiſtre. Ie fus aſſez heureux pour avoir ſes bonnes graces, ſans les a- voir meritées, & j'eſſaiay en- ſuitte de m'en rendre digne par ma fidelité. Mon bonheur voulut que dans la premie- re Guerre où nous allaſmes contre les Maures, ie me trou- vaſſe aſſez pres de ſa perſon- ne, pour le dégager d'un pe- ril où ſa valeur trop inconſi- derée l'avoit précipité. Ce ſervice augmenta la bonté

qu'il avoit pour moy. Il m'aimoit comme un frere, plû-
toft que comme un fujet.
Il ne me cachoit rien, il ne
me refufoit rien, & il laiffoit voir à tout le monde,
qu'on ne pouvoit eftre aimé
de luy, fi on ne l'eftoit de
Confalve. Une faveur fi de-
clarée, jointe à la confideration où eftoit mon Pere, éle-
voit noftre Maifon à un fi
haut point, qu'elle commençoit à donner de l'ombrage
au Roy, & à luy faire craindre qu'elle ne s'élevaft trop.

Parmy un nombre infiny
de jeunes gens, que la fa-

veur avoit attachés à moy;
i'avois diftingué Dom Ra-
mire de tous les autres. C'é-
toit un des plus confiderables de la Cour ; mais il s'en
faloit beaucoup que fa fortune n'aprochaft de la mienne. Il ne tenoit pas à moy
que ie ne l'a rendiffe égale :
J'employois tous les iours le
credit de mon Pere , & le
mien pour fon élevation. Ie
m'eftois appliqué avec beaucoup de foin à luy donner
part dans les bonnes graces
du Prince ; & luy de fon cô-
té par fon efprit doux , &
infinuant , avoit fi bien fe-

condé mes foins, qu'il eftoit
apres moy celuy de toute la
Cour , que Dom Garcie
traittoit le mieux. Ie faifois
tous mes plaifirs de leur amitié ; l'vn & l'autre éprou-
voient defia le pouvoir de
l'amour ; ils me faifoient
fouvent la guerre de mon
infenfibilité ; & me repro-
choient comme vn défaut,
de n'avoir point encore eu
d'attachement.

Ie leur reprochois à mon
tour de n'en avoir point eu
de veritables. Vous aimez ,
leur difois-je , ces fortes de
galanteries que la couftume

a establies en Espagne : mais
vous n'aimez point vos Maistresses. Vous ne me per-
suaderez iamais que vous
soyez amoureux d'vne per-
sonne, dont à peine vous
connoissez le visage, & que
vous ne reconnoistriez pas,
si vous la voyez en un autre
lieu qu'à la fenestre, où vous
avez accoustumé de la voir.

Vous exagerez le peu
de connoissance, que nous
avons de nos Maistresses, me
repartit le Prince ; mais nous
connoissons leur beauté, &
en amour c'est le principal.
Nous jugeons de leur esprit

par leur physionomie ; &
en suitte par leurs lettres;
& quand nous venons à les
voir de plus prés, nous som-
mes charmez du plaisir, de
découvrir ce que nous ne
connoissions point encore.
Tout ce qu'elles disent à la
grace de la nouveauté ; leur
maniere nous surprend ; la
surprise augmente & réveil-
le l'amour: au lieu que ceux
qui connoissent leurs Maistresses, avant que de les aimer, sont tellement accou-
stumez à leur beauté, & à
leur esprit ; qu'ils n'y sont
plus sensibles quand ils sont

aimez. Vous ne tomberez
iamais dans ce malheur, luy
repliquay-je; mais, Seigneur,
ie vous laiſſe la liberté d'aimer tout ce que vous ne
connoiſtrez point, pourveu
que vous me permettiez de
n'aimer qu'une perſonne,
que ie connoiſtray aſſez pour
l'eſtimer ; & pour eſtre aſſeuré de trouver en elle dequoy me rendre heureux,
quãd j'en ſeray aimé. l'auoüe
encore que ie voudrois qu'-
elle ne fuſt point prévenuë
en faveur d'un autre Amant:
Et moy, interrompit Dom
Ramire, je trouverois plus

de plaifir à me rendre maiftre d'un cœur, qui feroit
deffendu par une paffion,
que d'en toucher un, qui
n'auroit iamais efté touché:
ce me feroit une double victoire, & ie ferois auffi bien
plus perfuadé de la veritable
inclination qu'on auroit pour
moy; fi ie l'auois veu naiftre
dans le plus fort de l'atache-
ment qu'on auroit pour un
autre; enfin ma gloire &
mon amour fe trouveroient
fatisfaites d'avoir ofté une
Maiftreffe à un rival. Confalve eft fi eftonné de voftre
opinion, luy répondit le Prin-

ce ; & il la trouve ſi mau-
vaiſe, qu'il ne veut pas meſme y répondre : En effet,
ie ſuis de ſon party contre
vous ; mais ie ſuis contre
luy ſur cette connoiſſance ſi
particuliere qu'il veut de ſa
Maiſtreſſe. Ie ſerois incapable de devenir amoureux
d'une perſonne avec qui ie
ſerois accouſtumé ; & ſi ie
ne ſuis ſurpris d'abord, ie ne
puis eſtre touché. Ie croy,
que les inclinations naturel-
les ſe font ſentir dans les
premiers momens ; & les paſſions , qui ne viennent que
par le temps, ne ſe peuvent
appeller

appeller de veritables paffions. On eft donc affeuré,
reprif-je, que vous n'aime-
rez iamais ce que vous n'aurez pas aimé d'abord. Il faut,
Seigneur, ajoûtay-je en
riant, que ie vous monftre
ma fœur, pendant qu'elle
n'eft pas encore auffi belle,
qu'elle le fera apparemment;
afin que vous vous accoû-
tumiez à la voir, & que
vous n'en foyez iamais touché. Vous craindriez donc
que ie ne le fuffe, me dit Dom
Garcie : N'en doutez pas,
Seigneur, luy répondif-je,
& ie le craindrois mefme

F

comme le plus grand malheur, qui me pût arriver. Quel malheur y trouveriez-vous, repartit Dom Ramire ? Celuy, repliquay-je, de ne pas entrer dans les sentimens du Prince : S'il vouloit épouser ma sœur, ie n'y pourrois consentir par l'interest de sa grandeur ; & s'il ne l'a vouloit pas épouser, & qu'elle l'aimast neantmoins, comme elle l'aimeroit infailliblement, i'aurois le déplaisir de voir ma sœur la Maistresse d'un Maistre, que ie ne pourrois haïr, quoy que ie le dusse. Monstrez-la moy, ie

vous prie, devant qu'elle me
puisse donner de l'amour,
interrompit le Prince; car
ie serois si affligé d'avoir des
sentimens qui vous dépluf-
fent, que i'ay de l'impatience de la voir, pour m'asseurer moy-mesme, que ie ne
l'aimeray iamais. Je ne m'é-
tonne plus, Seigneur, dit
Dom Ramire, en s'adreffant
à Dom Garcie, que vous
n'ayez point esté amoureux
de toutes les belles personnes
nes, qui sont nourries dans
le Palais, & avec qui vous
avez esté accoustumé dés
l'enfance : mais i'avoüe que

jusques à cette heure i'avois esté surpris, que pas une ne vous eust donné de l'amour; & sur tout Nugna Bella, la fille de Dom Diego Porcellos, qui me paroist si capable d'en donner. Il est vray, repartit Dom Garcie, que Nugna Bella est aimable: Elle a les yeux admirables ; elle a la bouche belle , l'air noble & delicat ; enfin i'en aurois esté amoureux, si ie ne l'eusse point veuë, presqu'en mesme temps que i'ay veu le iour. Mais pourquoy ne l'avez-vous pas aimée , adjoûta le Prince , s'adressant à

Dom Ramire, vous qui la
trouvez si belle? Parce qu'-
elle n'a iamais rien aimé, repliqua-t-il : Ie n'aurois eu
personne à chasser de son
cœur ; & ie viens de vous
advoüer, que c'est ce qui
peut toucher le mien. C'est
à Consalve, continua-t-il, à
qui il faut demander, pourquoy il ne l'a pas aimée ; car
ie suis asseuré qu'il l'a trouve belle : elle n'a point d'attachement, & il la connoist
il y a desia long-temps. Qui
vous a dit que ie ne l'aime
pas, luy respondis-je en soû-
riant, & en rougissant tout

enfemble? Ie ne fçay, repliqua Dom Ramire ; mais à
voir comme vous rougiffez,
ie croy que ceux qui me l'ont
dit fe font trompez. Seroit-
il poffible, s'écria le Prince
en s'adreffant à moy , que
vous fuffiez amoureux ? Si
vous l'eftes, auoüez-le promptement ie vous prie ; car
vous me donnerez une ioye
fenfible , de vous voir atta-
qué d'un mal, que vous plaignez fi peu. Serieufement,
repliquay-ie, ie ne fuis point
amoureux ; mais pour vous
plaire, Seigneur, ie vous a-
voüeray , que ie le pourrois

eſtre de Nugna Bella , ſi ie la
connoiſſois un peu davantage. S'il ne tient qu'à vous
la faire connoiſtre , dit le
Prince , ſoyez aſſeuré que
vous l'aimez deſia. Ie n'iray
iamais ſans vous chez la
Reyne ma Mere ; ie me
broüilleray encore plus ſouvent , que ie ne fais avec le
Roy ; afin que le ſoin qu'-
elle prend toûjours de nous
r'accommoder l'oblige à me
faire aller chez elle à des heures particulieres ; enfin , ie
vous donneray aſſez de lieu
de parler à Nugna Bella ,
pour achever d'en devenir

amoureux. Vous la trou-
verez tres-aimable; & si son
cœur est aussi bien fait que
son esprit, vous n'aurez rien
à souhaiter. Ie vous supplie,
Seigneur, luy dis-je, ne prenez
point tant de soin de me rendre malheureux; & sur tout,
prenez d'autres pretextes
pour aller chez la Reyne,
que de nouvelles broüilleries
avec le Roy; Vous sçavez
qu'il m'accuse souvent des
choses que vous faites qui ne
luy plaisent pas, & qu'il
croit que mon Pere & moy,
pour nostre grandeur particuliere, vous inspirons l'au-

thorité que vous prenez
quelquefois contre son gré.
Dans l'humeur où ie suis de
vous faire aimer de Nugna
Bella , repartit le Prince , ie
ne seray pas si prudent que
vous voulez que ie le sois : Ie
me serviray de toutes sortes
de pretextes pour vous mener chez la Reyne ; & mesme quoy que ie n'en aye
point , ie m'y en vais presentement ; & ie sacrifieray
au plaisir de vous rendre
amoureux un soir que i'a-
vois destiné à passer sous ces
fenestres , où vous croyez,
que ie ne connois personne.

Ie ne vous aurois pas fait
le recit de cette conversation , dit alors Consalve à
Alphonse ; mais vous ver-
rez par la suitte, qu'elle fust
comme un présage de tout
ce qui arriva depuis.

Le Prince s'en alla chez la
Reyne ; il l'a trouva retirée
pour tout le monde , excepté pour les Dames, qui a-
voient sa familiarité. Nugna
Bella estoit de ce nombre :
elle estoit si belle ce soir-là,
qu'il sembloit que le ha-
zard favorisast les desseins
du Prince. La conversation
fut generalependant quelque

temps; & comme il y avoit
plus de liberté qu'à d'autres
heures, Nugna Bella parla auffi davantage , & elle me fur-
prift en me faifant voir beaucoup plus d'efprit , que ie ne
luy en connoiffois. Le Prince
pria la Reyne de paffer dans
fon Cabinet, fans fçavoir neantmoins ce qu'il avoit à luy
dire. Pendant qu'elle y fuft,
ie demeuray avec Nugna
Bella , & plufieurs autres perfonnes , ie l'engageay infenfiblement dans une converfation particuliere; & quoy
qu'elle ne fuft que de chofes indifferentes , elle avoit

pourtant un air plus galant,
que les converſations ordinaires. Nous blaſmâmes enſemble la maniere retirée,
dont les femmes ſont obli-
gées de vivre en Eſpagne,
comme éprouvant par nous-
meſmes que nous perdions
quelque choſe, de n'avoir
pas la liberté entiere de nous
entretenir. Si ie ſentis dés
ce moment, que ie com-
mençois à aimer Nugna Bella, elle commença auſſi, à ce
qu'elle m'a avoüé depuis, à
s'apercevoir que ie ne luy
eſtois pas indifferent. De
l'humeur dont elle eſtoit,

ma conqueste ne luy pou-
voit estre des-agreable; il y
avoit quelque chose de si
brillant dans ma Fortune, qu'-
une personne moins ambi-
tieuse qu'elle, en pouvoit estre
ébloü. Elle ne negligea
pas de me paroistre aimable,
quoy qu'elle ne fit rien d'opposé à sa fierté naturelle. E-
clairé par la penetration, que
donne une amour naissante,
ie me flattay bien-tost de l'esperance de luy plaire; & cette esperance estoit aussi propre
à m'enflâmer, que la pen-
sée d'avoir un rival aimé,
eust esté propre à me guerir.

Le Prince fut ravy de
voir, que ie m'attachois à
Nugna Bella; il me donnoit
tous les iours quelque occafion de l'entretenir; il voulut
mefme que ie luy parlaffe des
broüilleries qu'il avoit avec
le Roy, & que ie luy diffe
la maniere, dont la Reyne
devoit agir, pour le porter
aux chofes que le Roy defiroit de luy. Nugna Bella
ne manquoit pas de donner
ces avis à la Reyne ; & lors
que la Reine s'en fervoit, ils ne
manquoient iamais auffi de
faire leur effet : en forte que la
Reine ne faifoit plus rien dans

ce qui regardoit le Prince,
qu'elle n'en parlaſt à Nugna
Bella , & que Nugna Bel-
la ne m'en rendit conte.
Ainſi nous avions de grandes converſations , & dans
ces converſations , ie luy
trouvay tant d'eſprit , de ſa-
geſſe & d'agréement ; & elle s'imagina trouver tant de
merite en moy , & y trou-
va en effet tant d'amour ,
qu'il s'alluma entre-nous u-
ne paſſion , qui fut depuis
tres violante. Le Prince
voulut en eſtre le confident:
Ie n'avois rien de caché pour
luy ; mais ie craignois que

Nugna Bella ne se trouvast offensée , que ie luy eusse auoüé qu'elle me témoignoit quelque bonté. Dom Garcie m'asseura, que de l'humeur dont elle estoit , elle ne s'en offenseroit pas : il luy parla de moy ; elle fut d'abord honteuse & embarassée de ce qu'il luy dit ; mais comme il avoit bien iugé , la grandeur du confident la consola de la confidence. Elle s'accoustuma à souffrir qu'il l'entretint de ma passion ; & receut par luy les premieres lettres que ie luy écrivis.

L'Amour

L'Amour avoit pour nous
toute la grace de la nouveauté;
& nous y trouvions ce charme secret, qu'on ne trouve
iamais que dans les premieres
passions. Comme mon am-
bition estoit plainement sa-
tisfaite, & qu'elle l'estoit
mesme, avant que i'eusse de
l'amour; cette derniere passion n'estoit point affoiblie
par l'autre : Mon ame s'y a-
bandonnoit comme à un
plaisir, qui iusques-là m'a-
voit esté inconnu, & que ie
trouvois infiniment au dessus de tout ce que peut donner la grandeur.   Nugna
G

Bella n'eſtoit pas ainſi ; ces deux paſſions s'étoient élevées dans ſon cœur en meſme temps, & le partageoient preſque également. Só inclinatió naturelle l'a portoit ſans doute plus à l'ambition qu'à l'a mour ; mais comme l'un & l'autre ſe rapprotoient à moy, ie trouvois en elle toute l'ardeur, & toute l'application que ie pouvois ſouhaitter. Ce n'eſt pas qu'elle ne fuſt quelquefois auſſi occupée des affaires du Prince, que de ce qui regardoit nôtre amour : Pour moy, qui n'eſtois remply que de ma

passion, ie connus avec douleur, que Nugna Bella estoit
capable d'avoir d'autres pensées. Je luy en fis quelques
plaintes; mais ie trouvay que
ces plaintes estoient inutiles,
ou qu'elles ne produisoient
qu'une certaine conversation
contrainte, qui me laissoit
voir, que son esprit estoit occupé ailleurs. Neantmoins,
comme j'avois ouy dire que
l'on ne pouvoit estre parfaite-
ment heureux dans l'amour,
non plus que dans la vie,
ie souffrois ce malheur avec
patience. Nugna Bella m'aimoit avec une fidelité exa-

éte, & ie ne luy voyois que du mépris pour tous ceux qui ofoient la regarder : l'étois perfuadé qu'elle eftoit exempte des foibleffes, que j'auois apprehendées dans les femmes : cette penfée ren-doit mon bon-heur fi ache-vé, que ie n'avois plus rien a fouhaitter.

La Fortune m'avoit fait naiftre, & m'avoit placé dans un rang digne de l'en-vie des plus ambitieux : l'é-tois favory d'un Prince que i'aymois d'une inclination naturelle ; i'eftois aimé de la plus belle perfonne d'Efpa-

gne, que j'adorois ; & i'a-
vois un amy, que ie croyois
fidelle, & dont ie faiſois la
fortune. La ſeule choſe qui
me donnoit quelque trou-
ble, eſtoit de voir de l'injuſtice dans l'impatience que
Dom Garcie avoit de com-
mander; & de trouver dans
Nugnez Fernando, mon Pe-
re un eſprit inquiet, & porté, comme le Roy l'en ſoupçonnoit, à ſe vouloir faire
une élevation, qui ne laiſſaſt rien au deſſus de luy.
J'apprehendois de me trouver attaché par les devoirs
de la reconnoiſſance, & de

la nature, à des perſonnes
qui voudroient m'entraiſner
dans des choſes, qui ne me
paroiſſoient pas juſtes. Cependant, comme ces mal-
heurs eſtoient encore incer-
tains, ils ne me troubloient
que dans quelques momens;
& ie me conſolois à en parler avec Dom Ramire, en
qui i'avois tant de confiance,
que ie luy diſois juſques à
mes craintes, ſur les choſes
les plus importantes, & les
plus éloignées.

Ce qui m'occupoit alors,
eſtoit le deſſein dépouſer
Nugna Bella. Il y avoit deſia

long-temps que ie l'aimois,
sans oser en faire la proposition : Je sçavois qu'elle feroit des-approuvée par le
Roy ; parce que Nugna Bella estant fille d'un des Comtes de Castille, dont on craignoit la mesme reuolte, que
de mon Pere, la Politique ne
vouloit pas qu'on les laissast
unir par un mariage. Ie sçavois encore, que bien que
mon Pere ne fut point op-
posé à mon dessein, il ne
voudroit pas neantmoins
qu'on fit la proposition de
mon mariage, de peur d'augmenter les soupçons du Roy:

G iiij

De sorte que i'estois contraint d'attendre quelqueconi-
jonéture qui me fust plus favorable ; mais en l'attendant,
ie ne cachois point l'attachement que i'avois pour Nu-
gna Bella. Ie luy parlois toutes les fois que i'en avois
l'occasion : Le Prince luy
parloit aussi tres-souvent : Le
Roy remarqua cette intelligence, & prist pour une affaire d'Estat, ce qui n'estoit en
effet que de l'amour. Il crut
que son fils favorisoit mon
desseinpour Nugna Bella, afin
d'unir les deux Comtes de
Castille , & de les attacher

à ſes intereſts : il crût qu'il
vouloit faire un party conſi-
derable, & ſe donner une
authorité qui balançaſt la
ſienne. Il ne douta point
que les Comtes de Caſtille
n'entraſſent dans ce party,
par l'eſperance de ſe faire
reconnoiſtre Souverains ; enfin l'union des deux Mai-
ſons de Caſtille luy eſtoit
ſi redoutable, qu'il declara
hautement, qu'il ne vouloit
point que ie penſaſſe à Nugna Bella ; & defendit au
Prince de favoriſer noſtre
mariage.

Les Comtes de Caſtille,

qui avoient peut-eſtre une
partie des intentions dont le
Roy les ſoupçonnoit ; mais
qui n'eſtoient pas en eſtat
de les faire paroiſtre, nous or-
donnerent de ne plus penſer
l'un à l'autre. Ce commandement nous donna beau-
coup de douleur : Le Prince nous promit de faire bien-
toſt changer de ſentimens
au Roy ſon Pere ; il nous engagea à nous promettre une
fidelité eternelle ; & ſe chargea du ſoin de continuer noſtre commerce , & de ca-
cher noſtre intelligence. La
Reyne qui ſçavoit, que bien

loin de porter le Prince à la
revolte, nous travaillions au
contraire à l'en éloigner, ap-
prouva les deſſeins du Prince
ſon fils, & voulut bien les
favoriſer.

Comme nous ne pouvions
plus nous parler en public,
nous cherchaſmes le moyen
de nous parler en particulier.
Ie penſay qu'il faloit que Nugna Bella changeaſt d'appartement, & qu'on la mît avec
quelqu'autre des Dames du
Palais dans un corps de logis,
dont toutes les feneſtres é-
toient ſur une ruë détour-
née, & qui eſtoient ſi baſ-

ses, qu'un homme à cheval y pouvoit parler commodément. J'en fis la proposition au Prince ; il l'a fait approuver à la Reyne ; & on l'executa sur quelque pretexte assez vray-semblable. Ie venois quasi tous les iours à cette fenestre, attendre les momens, que Nugna Bella me pouvoit parler. Quelquefois ie m'en retournois charmé des sentimens qu'elle avoit pour moy ; & quelquefois ie m'en retournois desesperé, de la voir si occupée des commissions que la Reyne luy donnoit. Ius-

ques icy la Fortune ne m'a-
voit pas monstré son inconstance ; mais elle me fit bien-
tost voir , qu'elle ne se fixe
pour personne.

    Mon Pere qui avoit con-
nu les soupçons du Roy ,
voulut luy faire voir par une
nouvelle marque d'attachement , combien ils estoient
injustes : il se resolut de mettre ma sœur dans le Palais ,
quelque dessein qu'il eust
pris auparavant de la laisser
en Castille. Un sentiment de
vanité luy ayda à prendre
cette resolution : Il fut bien
aise de faire voir à la Cour

une beauté, qu'il croyoit
une des plus achevées de toute l'Espagne. Il estoit touché plus qu'aucun pere ne
l'a iamais esté de la beauté
de ses enfans; & en tiroit
une vanité, qu'on pouvoit
appeller une foiblesse dans
un homme comme luy. Il fit
donc venir sa fille à la Cour,
& elle fut receuë dans le Palais.

Dom Garcie estoit à la
chasse le iour qu'elle y entra;
il vint le soir chez la Reyne,
sans avoir vû personne qui
luy en eût parlé; j'y estois
aussi; mais retiré dans un

endroit, où il ne me voyoit
pas. La Reyne luy prefen-
ta Hermenefilde (c'eft ainfi
que s'appelloit ma fœur)il fut
furpris de fa beauté, & il parut de l'admiration dans cette
furprife. Il dit qu'on n'avoit
iamais vû en une mefme perfonne de l'éclat, de la maje-
fté, & de l'agréement ; qu'a-
vec des cheveux noirs on
n'avoit iamais vû un fi beau
teint, & des yeux fi bleus;
qu'elle avoit de la gravité
avec l'air de la premiere jeu-
ñeffe ; enfin, plus il la regardoit, & plus il luy donnoit
de loüanges. Dom Ramire

remarqua cét empreſſement
à loüer Hermeneſilde ; il
n'eut pas de peine à iuger
que ie penſois les meſmes
choſes que luy ; & me voyant
à l'autre bout de la chambre, il m'aborda pour me
parler de la beauté de ma
ſœur. Je voudrois qu'il n'y
eût que vous à la loüer, luy
diſ-je. Comme ie pronon-
çois ces paroles, Dom Garcie s'approcha par hazard du
lieu où i'eſtois ; il parut é-
tonné de me voir : il ſe remit neantmoins ; il me parla
d'Hermeneſilde, & me dit
que ie ne la luy avois dé-
peinte

peinte auſſi belle qu'il l'avoit
trouvée. Le ſoir on ne parla que d'elle au coucher de
ce Prince. Ie l'obſervay
avec beaucoup de ſoin , &
ie pris pour une confirma-
tion de mes ſoupçons , de ce
qu'il ne l'a loüoit pas devant
moy auſſi hardiment que les
autres. Les iours ſuivans , il
ne pût s'empécher de luy
parler ; il me parut que l'inclination qu'il avoit pour elle l'emportoit , comme un
torrent , à quoy il ne pouvoit
reſiſter. Ie voulus découvrir ſes ſentimens ſans luy
parler ſerieuſement. Vn ſoir

H

que nous sortions de chez
la Reyne, où il avoit entre-
tenu assez long-temps Hermenesilde ; Oserois-je vous
demander , Seigneur , luy
dis-je, si ie n'ay point trop
attendu à vous monstrer ma
sœur , & si elle n'est point
assez belle, pour vous avoir
causé de ces surprises , que
ie craignois. l'ay esté surpris de sa beauté, me répondit ce Prince ; mais encore
que ie croye qu'on ne puisse
estre touché sans estre surpris , ie ne croy pas , qu'on
ne puisse estre surpris sans
estre touché.

L'intention de Dom Gar-
cie eſtoit de ne me pas répondre plus ſerieuſement
que ie luy avois parlé ; mais
comme il avoit eſté embar-
raſſé, de ce que ie luy avois
dit , & qu'il avoit ſenty ſon
embarras ; il y eut un air de
chagrin dans ſa réponſe, qui
me fit voir , que ie ne m'é-
tois pas trompé. Il iugea bien
auſſi que ie m'eſtois apperceu des ſentimens qu'il avoit
pour ma ſœur ; il m'aimoit
encore aſſez pour avoir quelque douleur de s'embarquer
dans une choſe , dont il ſçavoit bien que ie ſerois offen-

cé; mais il aimoit defia trop
Hermenefilde , pour aban-
donner le deffein de s'en faire aimer. Je ne pretendois
pas auffi que l'amitié qu'il
avoit pour moy , luy fit fur-
monter l'amour qu'il avoit
pour elle. Ie penfay feulement à prévenir ma fœur
fur ce qu'elle devoit faire , fi
le Prince luy témoignoit de
l'amour , & ie luy dis de fuivre en toutes chofes les
confeils de Nugna Bella.
Elle me le promit , & ie con-
fiay à Nugna Bella, l'inquietude que i'avois de l'amour
de Dom Garcie ; Ie luy dis

toutes les fascheuses suittes,
que i'en apprehendois ; elle entra dans mes sentimens,
& m'asseura qu'elle s'attacheroit si fort aupres d'Hermenesilde, que difficilement
le Prince luy pourroit parler. En effet, elles devinrent tellement inseparables,
sans qu'il y parut d'affectation, que Dom Garcie ne trouvoit iamais Hermenesilde
sans Nugna Bella. Cét embarras luy donna tant de
chagrin, qu'il n'en estoit pas
connoissable ; & comme il
avoit accoustumé de me dire toutes ses pensées, & qu'il

ne me parloit point de celles
qui l'occuppoient alors, ie
trouvay bien-toft un grand
changement dans fon pro-
cedé.

N'admirez-vous pas, di-
fois-je à Dom Ramire, l'inju-
ftice des hommes? Le Prince me hait, parce qu'il fent
dans fon cœur une paffion
qui me doit déplaire; & s'il
eftoit aimé de ma fœur, il me
haïroit encore davantage. I'a-
vois bien prévû le mal qui
m'arriveroit, fi elle touchoit
fon inclination; & s'il ne
change point les fentimens
qu'il a pour elle, ie ne feray

pas long-temps son favory,
mesmes aux yeux du public;
car dans son cœur ie ne le
suis desia plus. Dom Ramire
estoit persuadé comme moy
de l'amour du Prince ; mais
pour m'oster de l'esprit une
chose, qui me donnoit de la
peine ; Ie ne sçay, me ré-
pondit-il, surquoy vous vous
fondez, pour croire que
Dom Garcie soit amoureux
d'Hermenesilde ? Il l'aloüée
d'abord, il est vray ; mais ie
ne luy ay rien vû depuis, qui
paroisse d'un homme amou-
reux ; & quand il l'aimeroit,
ajousta-t-il, seroit-ce une

chose si fascheuse ? Pourquoy ne la pourroit-il pas
épouser ? Ce n'est pas le premier Prince, qui a épousé
une de ses sujettes ; il ne
sçauroit en trouver une plus
digne de luy ; & s'il l'épou-
soit, quelle grandeur ne seroit-ce pas pour vostre maison? C'est par cette raison mesme, luy répondis-je, que le
Roy n'y consentira iamais:
ie ne le voudrois pas sans son
consentement ; peut-estre
mesme que le Prince ne le
voudroit pas aussi ; ou qu'il
ne le voudroit, ny assez fortement, ny assez long temps

pour l'executer. Enfin, c'est
une chose qui ne se peut
faire ; & ie ne veux pas laiſſer croire au public, que ie
hazarde la reputation de ma
ſœur, ſur l'eſperance mal-
fondée d'une grandeur où
nous ne parviendrons iamais.
Si Dom Garcie continuë à
aimer Hermeneſilde, ie la
retireray de la Cour. Dom
Ramire fut ſurpris de ma
reſolution ; il craignit que ie
ne me broüillaſſe avec Dom
Garcie ; il reſolut de luy apprendre mes ſentimens ; &
il voulut s'imaginer qu'il pouvoit les luy découvrir ſans

mon confentement ; puifque
ce n'eftoit que pour mon
avantage : mais l'envie de
fe faire un merite envers le
Prince , & d'entrer dans fa
confidence , eut fans doute
beaucoup de part à cette refolution.

Il prit fon temps pour luy
parler feul ; il luy dit qu'il
craignoit de me faire une infidelité, en luy découvrant
mes penfées contre mon intention ; mais que le zele
qu'il avoit pour fon fervice
l'obligeoit à luy apprendre,
que ie le croyois amoureux
de ma fœur , & que i'en a-

vois tant de chagrin, que
i'estois resolu de l'oster de la
Cour. Dom Garcie fut si
frappé du discours de Dom
Ramire, & de la pensée de
voir éloigner Hermenesilde,
qu'il luy fut impossible de
cacher son premier mouve-
ment : il iugea en suitte, que
puisque Dom Ramire ne
pouvoit plus douter de l'interest qu'il prenoit en ma
sœur, il faloit le luy avoüer,
& l'engager par cette confidence à continuer de l'in-
struire de mes desseins. Il fut
quelque temps à prendre
cette resolution ; puis se de-

terminant tout d'un coup il
l'embraſſa , & luy avoüa
qu'il eſtoit amoureux d'Hermeneſilde. Il luy dit qu'il
avoit fait ce qu'il avoit pû
pour s'en défendre en ma
conſideration ; mais qu'il luy
eſtoit impoſſible de vivre,
ſans eſtre aimé d'elle ; qu'il
luy demandoit ſon ſecours,
pour luy ayder à cacher ſa
paſſion , & pour empécher
l'éloignement d'Hermeneſilde. Le cœur de Dom Ra-
mire n'eſtoit pas d'une trem-
pe à reſiſter aux careſſes d'un
Prince , dont il voyoit qu'il
alloit devenir le favory : L'a-

mitié , & la reconnoiſſance, ſe trouverent foibles contre l'ambition: Il promit au Prince de luy garder le ſecret , & de le ſervir aupres d'Hermeneſilde. Le Prince l'embraſſa une ſeconde fois ; & ils examinerent enſemble , comme ils ſe conduiroient dans cette entrepriſe.

Le premier obſtacle qui leur vint dans, l'eſprit fut Nugna Bella, qui ne quittoit point Hermeneſilde. Ils reſolurent de la gagner ; & quelque difficulté qui leur paruſt , par l'eſtroite liaiſon qu'elle avoit avec moy, Dom

Ramire se chargea d'en trouver les moyens. Mais il dit au
Prince, qu'il faloit qu'il tra-
vaillast luy-mesme à m'oster
la connoissance que i'avois
de sa passion ; qu'il luy con-
seilloit de me dire en riant,
qu'il avoit esté bien-aise de
me faire peur pendant quelque temps , pour se vanger
des soupçons que i'avois
eus d'abord ; mais que cette
peur alloit trop loin , qu'il
ne vouloit pas me laisser croire plus long-temps, qu'il eût
des sentimens que ie pusse
des-approuver.

Cét expedient parut bon

à Dom Garcie, il l'executa aisément ; & comme il sçavoit par Dom Ramire les choses qui m'avoient donné du soupçon, il luy estoit aisé de dire qu'il les avoit faites exprés, & il m'estoit quasi impossible de n'en estre pas persuadé. Aussi ie le fus entierement ; ie me creus mieux avec luy, que ie n'avois iamais esté. Ie ne laissay pas de penser, qu'il s'étoit passé quelque chose dans son cœur, qu'il ne m'avoüoit pas ; mais ie m'imaginay, que ce n'avoit esté qu'une legere inclination,

qu'il avoit furmontée ; & ie
creus mefme luy en devoir
eftre obligée , comme d'une
chofe qu'il avoit faite en ma
confideration. Enfin ie demeuray fatisfait de Dom
Garcie : Dom Ramire le
fut beaucoup , de me voir
l'efprit dans l'affiete qu'il
defiroit ; & il commença à
penfer comme il engageroit
Nugna Bella dans la confidence , où il vouloit l'embarquer.

Apres en avoir à peu pres
imaginé les moyens , il chercha l'occafion de luy parler;
elle la luy donnoit affez fouvent,

vent , parce qu'elle fçavoit,
que ie n'avois rien de caché
pour luy , & qu'elle pouvoit
luy parler de tout ce qui
nous regardoit. Il commença à l'entretenir de la ioye ,
qu'il avoit du raccommode-
ment qui s'eftoit fait entre
le Prince & moy : I'en ay
beaucoup aufli bien que
vous , luy dit-elle , & i'ay
trouvé Confalve fi delicat
fur le fujet de fa fœur , que
ie craignois qu'il ne fe broüil-
laft avec Dom Garcie. Si
ie croyois, Madame, luy ré-
pondit-il , que vous fufliez
de celles , qui font capables

I

de cacher quelque chofe à leurs Amans, lors qu'il eſt neceſſaire pour leur intereſt, ce me feroit un grand foulagement, de parler avec une perſonne auſſi intereſſée que vous, dans ce qui regarde Conſalve. Ie prévoy des choſes, qui me donnent de l'inquietude; Vous eſtes la feule à qui ie les puiſſe dire ; mais, Madame, c'eſt à condition, que vous n'en parlerez pas à Conſalve même. Ie vous le promets, luy dit-elle, & vous trouverez en moy, tout le fecret que vous pouvez deſirer. Ie ſçay que comme il eſt dangereux de cacher quelque chose à nos amis, il l'est aussi beaucoup de ne leur cacher iamais rien. Vous verrez, Madame, reprit-il, combien il est important de cacher ce que ie veux vous dire. Dom Garcie vient de donner de nouveaux témoignages d'amitié à Consalve;il vient de l'asseurer, qu'il ne pense plus à sa sœur; mais ie suis trompé, s'il ne l'aime passionnément. De l'humeur dont est ce Prince, il ne peut cacher long-temps son amour; & de l'humeur aussi dont est

Confalve, il n'en fouffrira iamais la continuation. Il eft
infaillible, qu'il fe broüillera
avec luy , & qu'il perdra entierement fes bonnes graces.
Ie vous avoüe. luy dit Nugna Bella, que i'avois eu les
mefmes foupçons ; & que
parce que i'en ay vû, & par
de certaines chofes que m'a
dit Hermenefilde, & que ie
n'ay pas voulu qu'elle redit à
fon frere , i'ay eu peine à
croire , que ce qu'à fait Dom
Garcie n'ait efté qu'une affectation, & un deffein de faire peur à Confalve. Vous en
avez ufé avec beaucoup de

prudence, dit Dom Ramire, & ie croy, Madame, que vous ferez bien à l'avenir, d'empécher Hermenesilde de rien dire à son frere, de ce qui regarde le Prince. Il est inutile & dangereux de luy en parler ; si le Prince n'a qu'une mediocre passion pour elle, il l'a cachera sans peine ; & par le soin que vous prendrez de conduire Hermenesilde, elle pourra facilement l'en guerir : Consalve n'en sçaura rien, & ainsi vous luy épargnerez un chagrin mortel, & vous luy conserverez les bonnes gra-

ces du Prince. Si au contraire la paſſion de Dom Garcie
eſt grande & violente, trou-
vez-vous impoſſible qu'il
épouſe Hermeneſilde ; &
trouveriez-vous, que nous
ſerviſſions mal Conſalve, de
luy cacher quelque choſe,
ſi le ſecret que nous luy fe-
rions, pouuoit luy donner
ſon Prince pour beau-fre-
re. Aſſeurement, Mada-
me, l'on doit penſer plus
d'une fois à empécher l'a-
mour de Dom Garcie pour
Hermeneſilde, & vous y
devez meſme penſer plus
qu'une autre, par l'inte-

rest., que vous auriez d'a-
voir un iour pour Reine une
personne, qui sera apparemment vostre belle sœur.

Ces dernieres paroles fi-
rent voir à Nugna Bella, ce
qu'elle n'avoit point encore
envisagé. L'esperance d'être
belle-sœur de la Reine, luy
fit trouver les raisons de
Dom Ramire encore meil-
leures qu'elles n'estoient ; &
enfin, il la conduisit si bien
où il la vouloit mener, qu'ils
convinrent ensemble, qu'ils
ne me diroient rien ; qu'ils
examineroient les sentimens
du Prince, & qu'ils agiroient

enfuitte felon les connoiffances qu'ils en auroient.

Dom Ramire ravy d'a-
voir fi bien commencé, rendit conte au Prince de ce
qu'il avoit fait. Dom Garcie
en fut charmé, & il luy laiffa un plain pouvoir de dire à
Nugna Bella, tout ce qu'il
voudroit de fes fentimens.
Dom Ramire retourna bien-
toft la chercher ; il luy fit
un long recit de la maniere
dont il s'eftoit conduit, pour
faire avoüer au Prince l'a-
mour qu'il avoit pour ma
fœur : Il adjoûta qu'il n'a-
voit iamais veu un homme

si transporté de passion ; qu'il s'étonnoit de la violence que ce Prince se faisoit, de peur de me déplaire ; qu'il n'y a-voit rien enfin qu'on ne dust attendre d'un homme si a-moureux : mais qu'il faloit au moins luy donner quel-que esperance qui entretint son amour. Nugna Bella de-meura persuadée de ce que luy dit Dom Ramire, & el-le luy promit de servir Dom Garcie aupres de ma sœur.

Dom Ramire s'en alla porter cette nouvelle au Prince ; il l'a receut avec une joye incroyable ; il luy

fit mille caresses ; il ne pouvoit se lasser de luy parler ;
& il eût voulu ne parler qu'à
luy seul ; mais il voyoit bien,
qu'il ne faloit pas changer
de conduite , ny cesser de vivre avec moy comme il avoit
accoustumé. Dom Ramire
mesme avoit soin de cacher
sa nouvelle faveur ; & les re-
mords de sa trahison , luy faisoient toûjours craindre que
ie ne la soupçonnasse.

Dom Garcie parla bien-
tost à Hermenesilde ; il luy
témoigna la passion qu'il
avoit pour elle , avec le plus
d'ardeur qu'il luy fut possi-

ble ; & comme il eſtoit veritablement amoureux , il
n'eût pas de peine à luy per-
ſuader ſon amour. Elle eſtoit
diſpoſée à le recevoir favo-
rablement ; mais apres ce
que ie luy avois dit , elle n'o-
ſoit ſuivre les ſentimens de
ſon cœur. Elle rendit conte
à Nugna Bella , de la converſation qu'elle avoit euë a-
vec le Prince : Nugna Bella,
ſur les meſmes pretextes
que luy avoit donnez Dom
Ramire , luy conſeilla de ne
me rien dire , & d'avoir une
conduitte , qui pût augmenter l'amour du Prince , &

conferver fon eftime. Elle
luy dit encore , que quelque
repugnance que j'euffe témoignée à l'attachement de
Dom Garcie , elle devoit
croire que j'avrois de la ioye
d'une chofe , qui pourroit
m'eftre avantageufe : mais
que par de certaines raifons,
ie ne voulois point y avoir
de part , que les chofes ne
fuffent plus auancées. Hermenefilde qui avoit une dé-
ference entiere pour les fentimens de Nugna Bella, entra aifément dans la conduitte qu'elle luy infpiroit ; &
fon inclination pour Dom

Garcie, ſe trouva fortement appuyée par d'auſſi grandes eſperances , que celle d'une couronne.

La paſſion que le Prince avoit pour elle , eſtoit conduite avec tant d'adreſſe , qu'excepté les premiers iours, où l'on s'apperçeut qu'il l'avoit trouvée aimable , perſonne ne ſoupçonna ſeulement qu'il en fut amoureux. Il ne l'entretenoit iamais en public ; Nugna Bella luy donnoit les moyens de l'entretenir en particulier. Ie voyois bien quelque diminution dans l'amitié de Dom

Garcie ; mais ie l'attribuois à l'inégalité ordinaire des jeunes gens.

Les chofes eftoient en cét eftat , lors qu'Abdala Roy de Cordouë , avec qui le Roy de Leon avoit eu une affez longue tréve , recommença la guerre : La charge de Nugnez Fernando luy donnoit de droit le commandement des armées ; & quoy que le Roy euft affez de peine à le mettre à la tefte de fes troupes, il ne pouvoit l'en ofter , à moins que de l'accufer de quelque crime, & de le faire arrefter. On pou-

voit bien envoyer comman-
der Dom Garcie au deſſus
de luy ; mais le Roy ſe dé-
fioit encore plus de ſon fils,
que du Comte de Caſtille ;
& il craignoit de les voir
enſemble avec un grand pouvoir entre les mains. D'un
autre coſté, la Biſcaye com-
ça à ſe revolter. Il reſolut
d'y envoyer Dom Garcie,
& d'oppoſer Nugnez Fer-
nando à l'armée des Maures.
J'euſſe eſté bien-aiſe de ſervir avec mon Pere ; mais le
Prince ſouhaita, que ie le
ſuiviſſe en Biſcaye : & le
Roy aima mieux que i'allaſ-

se avec son fils, qu'avec le
Comte de Castille : Ainsi il
fallut ceder à ce qu'on desi-
roit de moy ; & voir partir
Nugnez Fernando, qui s'en
alloit le premier. Il fut tres-
fasché de ne m'avoir pas aupres de luy ; & outre les raisons considerables, qui luy
faisoient desirer que ie fusse
dans son armée, celles de l'a-
mitié tenoient sa place. La
tendresse qu'il avoit pour ma
sœur & pour moy, estoit in-
finie : Il emporta nos por-
traits pour avoir le plaisir de
nous voir toûjours, & de
monstrer la beauté de ses enfans,

fans, dont ie croy vous avoir dit, qu'il étoit si préoccupé. Il marcha contre Abdala, avec des forces assez cõsiderables; mais beaucoup moindres que celles des Maures ; & au lieu de s'opposer simple-ment à leur passage, dans des lieux où il fut fortifié par la scituation, le desir de fai-re quelque chose d'extraor-dinaire, luy fit hazarder la bataille dans une plaine, qui ne luy donnoit aucun avan-tage. Il l'a perdit si entie-re, qu'à peine pût-il se sau-ver ; toute son armée fut taillée en pieces; tous les ba-

K

gages furent pris ; & iamais les Maures n'ont peut-estre remporté une si grande victoire sur les Chrestiens.

Le Roy apprit avec beaucoup de douleur, une si grande perte, il en accusa le Comte de Castille, & avec raison : mais comme il estoit bien-aise de l'abbaisser, il se servit de cette conjoncture ; & lors que mon Pere voulut venir se justifier, il luy fit dire qu'il ne le vouloit iamais voir ; qu'il luy ostoit toutes ses charges, qu'il estoit bienheureux, qu'il ne luy ostast pas la vie, & qu'il luy or-

donnoit de se retirer dans
ses terres. Mon Pere luy
obeït, & s'en alla en Castille aussi desesperé, que le peut
estre un homme ambitieux,
dont la reputation, & la fortune, venoient de recevoir u-
ne si grande diminution.

Le Prince n'estoit point
encore party pour la Biscaye,
une maladie considerable le
retenoit. Le Roy s'en alla
en personne contre les Maures, avec tout ce qu'il pût
ramasser de forces : Je luy
demanday la permission de
le suivre, & il me l'accorda;
mais avec peine. Il avoit

K ij

envie de faire tomber fur moy la difgrace de mon Pere. Cependant, comme ie n'avois point eu de part à fa faute, & que le Prince me témoignoit toûjours beaucoup d'amitié, le Roy n'ofa entreprendre de me releguer en Caftille. Ie le fuivis, & Dom Ramire demeura aupres de Dom Garcie ; Nugna Bella parut extrémement touchée de mon malheur, & de noftre feparation ; & ie m'en allay au moins avec la confolation de me croire veritablement aimé de la perfonne du monde que i'aimois le plus.

Le Prince n'eftant point en eftat de partir, Dom Ordogno fon frere s'en alla en Bifcaye. Il fut auffi malheureux dans fon voyage, que le Roy fuft heureux dans le fien. Dom Ordogno fut défait, & penfa eftre tué; & le Roy défit les Maures, & les contraignit de demander la Paix. Ma bonne Fortune voulut, que ie rendiffe quelque fervice confiderable; mais le Roy ne m'en traitta pas mieux : La reputation que i'avois acquife, ne m'ôta pas l'air que donne la dif-

grace; & lors que ie revins à
Leon, ie connus bien que la
gloire ne donne pas le mefme éclat, que la faveur.

Dom Garcie avoit profité
de mon absence, pour voir
souvent Hermenesilde ; &
il l'avoit veuë avec tant de
précaution, que personne ne
s'en estoit apperceu. Il a-
voit cherché avec soin
tous les moyens de luy plaire.
Il luy avoit laissé esperer qu'il
la mettroit un iour sur le thrô-
ne de Leon : Enfin, il luy a-
voit témoigné tant d'amour,
qu'elle luy avoit entierement
abandonné son cœur.

Comme Dom Ramire &
Nugna Bella conduisoient
cette intelligence, ils estoient
engagez à se voir souvent;
& la beauté de Nugna Bel-
la estoit de celles, dont la
veuë ordinaire n'est pas sans
danger. L'admiration que
Dom Ramire avoit pour el-
le, augmentoit tous les iours,
& elle admiroit aussi l'esprit
de Dom Ramire, qui en ef-
fet estoit agreable. Le commerce particulier qu'elle a-
voit avec luy, & l'occupation
des affaires du Prince &
d'Hermenesilde, luy avoient
fait supporter mon absence

avec moins de chagrin, qu'-
elle ne s'eſtoit attenduë d'en
avoir.

Lors que le Roy fut de
retour, il donna au Pere de
Dom Ramire les charges
& les eſtabliſſemens de Nugnez Fernando. Ie fis en cette occaſion au delà de ce
qu'on pouvoit attendre d'un
veritable amy. Apres les
ſervices que i'avois rendus
dans ces deux dernieres
guerres, ie pouvois pretendre les charges qu'on oſtoit
à mon Pere. Neantmoins, ie
ne m'oppoſay point à la diſ-
poſition qu'en fit le Roy.

J'allay trouver Dom Rami-
re ; ie luy dis , que dans la
douleur que i'avois de voir
fortir de ma maifon des éta-
bliffemens fi confiderables ,
l'avantage qu'il en recevoit
me donnoit la feule confolation que ie pouvois recevoir. Quoy que Dom Ra-
mire eût beaucoup d'efprit,
il ne pût me répondre ; il
fut embarraffé de recevoir
des marques d'une amitié ,
qu'il meritoit fi peu ; mais ie
donnois pour lors un fens fi
avantageux à fon embarras,
qu'il ne m'eût pas mieux perfuadé par fes paroles.

Les charges de mon Pere dans une autre maiſon, firent croire à toute la Cour, que ſa diſgrace eſtoit ſans reſource. Dom Ramire ſe trouvoit quaſi en ma place, par les dignitez que ſon pere venoit de recevoir, & par la faveur du Prince. Cette faveur paroiſſoit beaucoup, quelque ſoin qu'ils priſſent l'un & l'autre de la cacher: & inſenſiblement tout le monde ſe tournoit du coſté de ce nouveau favory, & m'abandonnoit peu à peu. Nugna Bella n'avoit pas une paſſion ſi ferme, que ce

changement n'en apportaſt
dans ſon ame. Ma fortune
autant que ma perſonne a-
voit fait ſon attachement ;
i'eſtois diſgracié ; elle ne tenoit plus à ſon amant , que
par l'amour ; & ce n'eſtoit
pas aſſez pour un cœur comme le ſien. Il y euſt donc
dans ſon procedé une im-
preſſion de froideur , qui me
parut bien-toſt. I'en fis mes
plaintes à Dom Ramire; j'en
parlay auſſi à Nugna Bella ;
elle m'aſſeura qu'elle n'eſtoit
point changée ; & com-
me ie n'avois point de ſujet précis de me plaindre,

& que ie n'eſtois bleſſé que
d'un certain air répandu
dans toutes ſes actions, il
luy eſtoit aiſé de ſe défendre;
auſſi le fit-elle, avec tant de
diſſimulation & d'adreſſe,
qu'elle me raſſeura pour quelque temps.

Dom Ramire luy parla
du ſoupçon que i'avois de
ſon changement, & il luy
en parla dans le deſſein de
penetrer ce qui en eſtoit; &
ſans doute avec envie de
trouver, que ie ne me trom-
pois pas. Ie ne ſuis point
changée, luy dit-elle; ie l'aime autant que ie l'ay aimé;

mais quand ie l'aimerois
moins, il feroit injufte de
s'en plaindre. Avons-nous
du pouvoir fur le commen-
cement, ny fur la fin de nos
paffions ? Elle dit ces paroles en le regardant avec un
air qui l'affeuroit fi bien, qu'-
elle ne m'aimoit plus, que
cette certitude qui donnoit
de l'efperance à Dom Ramire, luy ouvrit entierement
les yeux fur la beauté de cette infidelle : & il en fut fi
touché dans ce moment, que
n'eftant plus maiftre de luy-
mefme ; Vous avez raifon,
Madame, luy dit-il ; nous ne

pouvons rien ſur nos paſ-
ſions; i'en ſens une qui m'en-
traiſne ſans que ie m'en puiſſe défendre ; mais ſouvenez-
vous au moins , que vous
tombez d'accord , qu'il ne
dépend pas de nous d'y reſiſter. Nugna Bella compriſt
aiſément ce qu'il vouloit dire ; elle en parut embarraſ-
ſée, & il en fut embaraſſé luy-
meſme : Comme il avoit
parlé ſans l'avoir prémedité,
il fut eſtonné de ce qu'il venoit de faire : Ce qu'il devoit à mon amitié luy revint
en l'eſprit dans toute ſon é-
tenduë ; il en fut troublé ; il

baiſſa les yeux , & demeura
dans un profond ſilence.
Nugna Bella, par des raiſons
à peu pres ſemblables , ne
luy parla point. Ils ſe ſepare-
rent ſans ſe rien dire. Dom
Ramire ſe repentit de ce qu'il
avoit dit ; Nugna Bella ſe repentit de ne luy avoir rien
répondu ; & Dom Ramire
ſe retira ſi troublé , & ſi
combatu , qu'il eſtoit hors
de luy-meſme. Apres s'eſtre
un peu remis, il fit reflexion
ſur ſes ſentimens ; mais plus
il en fit , & plus il trouva
que ſon cœur eſtoit engagé.
Il connût alors le peril où il

s'eſtoit expoſé, en voyant ſi
ſouvent Nugna Bella : il connut que le plaiſir qu'il avoit
trouvé dans ſa converſation,
eſtoit d'une autre nature
qu'il ne l'avoit crû : Enfin il
connut ſon amour , & qu'il
avoit commencé bien tard à
le combattre.

La certitude qu'il venoit
d'avoir , que Nugna Bella
m'aimoit moins , achevoit
de luy oſter la force de ſe
défendre. Il trouvoit quelque
excuſe à ne s'attacher à elle,
que lors qu'elle ſe détachoit
de moy. Il trouvoit des charmes à entreprendre de ſe
rendre

rendre maiſtre d'un cœur,
que ie ne poſſedois plus ſi
entierement, qu'il ne pût
concevoir de l'eſperāce;mais
que ie poſſedois encore aſſez pour trouver de la gloire à m'en chaſſer. Toutefois
quand il venoit à conſiderer, que c'eſtoit Conſalve
qu'il vouloit chaſſer de ce
cœur, ce Conſalve, à qui il
devoit une amitié ſi veritable, ſes ſentimens luy faiſoient honte; & il les com-
battit de ſorte, qu'il crut les
avoir ſurmontez. Il reſolut de
ne plus rien dire de ſon a-
mour à Nugna Bella, &

L

d'éviter les occasions de luy parler.

Nugna Bella, qui n'avoit à se repentir, que de n'avoir pas répondu à Dom Rami-re, comme elle l'auroit deû faire, ne fit pas de si gran-des reflexions. Elle s'ima-gina, qu'elle avoit eu raison de ne pas faire semblant d'en-tendre ce qu'il luy avoit dit; elle crut qu'elle devoit avoir quelque douceur, pour un homme avec qui elle avoit de si grandes liaisons : elle se dit à elle-mesme, qu'il ne luy avoit pas parlé avec des-sein, quoy qu'elle eut bien

jugé, il y avoit long-temps,
qu'il avoit de l'inclination
pour elle: enfin, pour ne se
pas faire honte, & pour ne
s'engager pas à mal-traitter
Dom Ramire, elle ne vou-
lut pas croire une chose,
dont elle ne pouvoit douter.

Dom Ramire suivit pen-
dant quelque-temps le dessein qu'il avoit pris, mais
le moyen de l'executer. Il
voyoit tous les iours Nugna
Bella; elle estoit belle; elle
ne m'aimoit plus; elle le trai-
toit bien; il estoit impossible de resister à tant de choses. Il se resolut donc à sui-

vre les mouvemens de son
cœur ; & il n'eut plus de re-
mords si-tost qu'il en eût
pris la resolution. La premiere trahison qu'il m'avoit faite , rendoit la seconde plus
facile. Il estoit accoustumé
à me tromper, & à me ca-
cher ce qu'il disoit à Nugna
Bella ; il luy dist enfin , qu'il
l'aimoit ; & il le luy dist avec
toutes les marques d'une passion veritable. En luy exa-
gerant la douleur qu'il avoit
de manquer à nostre amitié,
il luy faisoit comprendre
qu'il estoit emporté par la
plus violente inclination ,

qu'on eut iamais euë : Il l'af-
feura qu'il ne pretendoit pas
d'eftre aimé ; qu'il connoif-
foit les avantages que i'avois
fur luy , & l'impoffibilité de
me chaffer de fon cœur ; mais
qu'il luy demandoit feulement la grace de l'écouter,
de luy aider à fe guerir, & à
me cacher fa foibleffe. Nugna
Bella luy promit le dernier,
comme une chofe qu'elle
croyoit devoir faire, de crainte qu'il n'arrivât quelque de-
fordre entre-nous : & elle luy
dit avec beaucoup de dou-
ceur, qu'elle ne luy accor-
deroit pas le refte ; puis qu'-

elle se croiroit complice de
son crime, si elle en souffroit
la continuation. Elle ne laissa
pas neantmoins de la souffrir ; l'amour qu'il avoit pour
elle, & l'amitié que le Prince avoit pour luy, l'entraî-
nerent entierement de son
costé. Je luy parus moins
aimable ; elle ne vid plus
rien d'avantageux dans l'é-
tablissement qu'elle pouvoit
avoir avec moy ; elle ne vid
qu'un exil asseuré en Castille ; elle sçavoit que le Roy
avoit toûjours envie de m'y
releguer, & que ce Prince ne
s'y opposoit plus que par

honneur : Elle ne voyoit
point d'apparence qu'il puſt
épouſer Hermeneſilde ; elle
eſtoit toûjours la conſiden-
te de l'amour, qu'il avoit
pour elle ; & par cét amour,
& par celuy de Dom Rami-
re , ſon credit aupres de
Dom Garcie ſubſiſtoit toûjours. Elle croyoit le Roy
moins diſpoſé que iamais à
conſentir à noſtre mariage ;
il n'avoit point de raiſons
pour empécher qu'elle n'é-
pouſaſt Dom Ramire ; elle
retrouvoit en luy les meſmes
choſes, qui luy avoient plû
en moy : Enfin elle s'imagi-

na , que la raifon & la prudence authorifoient fon changement ; & qu'elle devoit quitter un homme, qui ne feroit point fon mary , pour un autre qui le feroit affeurément. Il ne faut pas toûjours de fi grandes raifons, pour appuyer la legereté des femmes.● Nugna Bella fe determina donc à s'engager avec Dom Ramire : mais elle eftoit defia engagée , & par fon cœur, & par fes paroles , quand elle crut s'y determiner. Cependant, quelque refolution qu'elle eut prife , elle n'eut pas

la force de me laisser voir,
qu'elle m'abandonnoit dans
le temps de ma disgrace.
Dom Ramire ne pouvoit
aussi se resoudre à declarer sa
perfidie ; ils convinrent ensemble , que Nugna Bella
continueroit à vivre avec
moy, comme elle avoit ac-
coustumé ; & ils iugerent ,
qu'il seroit aisé d'empécher,
que ie ne remarquasse son
changement ; parce que
comme ie disois tousiours à
Dom Ramire iusques à mes
moindres soupçons , Nugna
Bella en estant avertie par
luy , les previendoit aisé-

ment. Ils refolurent auffi
d'avoüer au Prince l'eftat où
ils eftoient, & de l'engager dãs
leurs interefts. Dom Ramire fe chargea de luy en parler; ce n'eftoit pas une chofe, qu'il puft faire fans peine; la honte & la crainte
d'eftre def-approuvé l'em-
barraffoit ; il fe r'affeuroit
neantmoins par le pouvoir
que luy donnoit fur Dom
Garcie la confidence de fon a-
mour pour ma fœur. En effet,
il tourna l'efprit de ce Prince,
comme il le fouhaittoit. Il
l'engagea mefme à parler à
Nugna Bella en fa faveur;

& ce nouveau favory eut
son maistre pour confident,
comme il estoit le confident
de son maistre. Nugna Bella
qui avoit apprehendé que
le Prince ne condamnast son
changement , eut de la ioye
de l'y trouver fauorable : Il
se fit un redoublement de
liaison entre-eux ; ils prirent
leurs mesures, pour bien cacher cette intelligence ; ils
resolurent que comme les
conversations particulieres
du Prince , & de Dom Ra-
mire pourroient me donner
du soupçon, parce que vrai-
semblablement ils ne de-

voient point avoir de ſecrets
pour moy , Dom Ramire ,
iroit chez le Prince par un
eſcalier derobé , aux heures
où il n'y avoit perſonne , &
qu'ils ne ſe parleroient iamais en public. Ainſi i'eſtois
trahy , & abandonné par
tout ce que i'aimois le mieux,
ſans m'en pouvoir défier.

Ma ſeule peine eſtoit de
trouver quelque change-
ment dans le cœur de Nu-
gna Bella : ie m'en plaignois
à Dom Ramire ; Dom Ra-
mire l'en avertiſſoit , afin
qu'elle ſe déguiſaſt mieux :
mais quand ie luy paroiſſois

en repos, il avoit de l'inquietude ; & il craignoit, que
ie ne fuffe r'affeuré par les
veritables fentimens de Nugna Bella. Il vouloit alors
qu'elle ne me trompaft pas
fi bien : elle luy obeiffoit, &
me negligeoit plus qu'à l'ordinaire ; ainfi il avoit le plaifir de voir fon rival fe venir
plaindre à luy des mauvais
traittemens qu'il recevoit
par fes ordres. Il avoit mefme quelquefois la ioye, lors
qu'il l'avoit priée de fe con-
traindre, d'apprendre par mes
plaintes, qu'elle ne fe contraignoit pas, autant qu'il luy

avoit dit. C'eſtoit un tel
charme pour ſa gloire, &
pour ſon amour, d'avoir détruit un rival tel que ie le
luy paroiſſois, & de voir
mon repos dépendre de la
moindre de ſes paroles; que
ſi la ialouſie ne l'eût point
troublé, il auroit eſté l'homme du monde le plus heu-
reux.

Pendant que ie n'eſtois occupé que de mon amour,
mon Pere ne l'eſtoit que de
ſon ambition. Il fit tant de
cabales, & tant d'intrigues
dans ſon exil, qu'il crût eſtre
en eſtat de ſe revolter ouver-

tement. Mais il faloit commencer par me retirer de la Cour, & ie luy estois un ostage trop cher & trop considerable, pour le laisser entre les mains d'un Roy, a qui il vouloit faire la guerre. Ma sœur ne luy donnoit pas tant d'inquietude; son sexe & sa beauté la garantissoient de ce qui luy pouvoit arriver. Il m'envoya un homme de confiance pour m'apprendre l'estat des choses; pour me commander de l'aller trouver à l'heure mesme, & de partir de la Cour sans prendre congé du Roy, ny du Prince. Cét

Envoyé fut bien surpris de
me voir dans des sentimens si
éloignez de ceux de mon Pere. Je luy dis que ie ne con-
sentirois iamais à une revolte
si injuste; qu'il estoit vray que
le Roy avoit mal-traité Nugnez Fernando en luy ostant
ses charges ; mais qu'il faloit
souffrir cette disgrace qu'il
avoit en quelque sorte meritée : que pour moy, j'estois
resolu de ne point quitter la
Cour, & que ie ne prendrois
iamais les armes contre le
Roy. Cét Envoyé porta ma
réponse à mon Pere. Il fut desesperé de voir tant de desseins

feins prefts à reüffir fe ren-
verfer par ma defobeyffance.
Il me manda (quoy qu'en
effet ce ne fut pas fon deffein) qu'il continueroit ce
qu'il avoit entrepris : & que
puifque j'avois fi peu de foû-
miffion pour fes volontez,
il ne changeroit point de
refolution, quand mefmes le
Roy de Leon me devroit faire trancher la tefte.

Cependant, la paffion que
Dom Ramire avoit pour Nu-
gna Bella, augmentoit toûjours ; & il ne pouvoit plus
fupporter la maniere, dont il
faloit qu'elle y écut avec moy.

M

Enfin, Madame, luy dit-il un
iour qu'elle m'avoit entrete-
nu affez long-temps, vous le
regardez avec les mefmes
yeux que vous l'avez regardé;
vous luy dites les mefmes paroles ; vous luy écrivez les
mefmes chofes ; qui peut
m'affeurer que ce n'eft plus
avec les mefmes fentimens?
Il vous a plû, Madame, &
c'eft affez pour vous plaire
encore. Mais vous fçavez,
luy dit-elle, que ie ne fais que
ce que vous voulez. Il eft
vray, luy repliqua-t-il, & c'eft
ce qui rend mon mal-heur
plus infupportable, qu'il faille

que par prudence, ie vous
conseille de faire les choses,
qui me desesperent, quand
vous les faites. Il est inoüy,
qu'un amant ait consenty
qu'on traittast bien son rival; ie ne sçaurois plus souffrir, Madame, que vous re-
gardiez Consalve : il n'y a
pas d'extremité où ie ne me
porte pour le faire perir,
plutost que de vivre en l'é-
tat où ie suis; aussi bien apres
luy avoir osté vostre cœur, ie
ne dois pas conter pour beaucoup de luy oster la vie. Vous
vous emportez avec tant de
violence, luy repartit Nu-

gna Bella, que ie croy que
vous ne ſuivrez pas voſtre
emportement : Vous con-
ſidererez combien de cho-
ſes importantes vous décou-
vririez en éclattant contre
Conſalve ; & quelle honte
vous vous feriez à vous meſme. Ie voy tout ce qu'il y a
à voir, Madame, repliqua
Dom Ramire ; mais ie voy
auſſi, que s'il faut n'avoir
gueres de raiſon pour faire ce
que ie propoſe, il faut l'avoir
perduë entierement, pour
ſouffrir qu'un homme aimable, & qui vous a plû, vous
parle tous les iours en ſecret.

Si ie l'ignorois, i'aurois la cruelle douceur d'estre trompé :
mais ie le sçai; ie vous voy parler à luy; c'est moi qui luy porte vos lettres ; c'est moy qui
le r'asseure quand il doute
de vostre cœur : Ah ! Madame , il m'est impossible de
continuer à me faire tant de
violence; si vous voulez me
donner du repos , faites en
sorte que Consalve sorte de
la Cour ; & que le Prince
consente à l'envoyer en Castille , comme le Roy l'en
presse tous les iours. Voyez
ie vous en conjure , reprît
Nulla Bella , quelle action

vous me conseillez de faire ?
Oüy, Madame, ie la voy,
reprît Dom Ramire ; mais
apres tout ce que vous avez
fait, il n'est plus temps d'a-
voir de ménagemens ; & si
vous avez celuy de ne pas
faire éloigner Consalve ; ie
seray persuadé que i'auray
encore plus de raison que
ie ne pense, de le vouloir
oster d'aupres de vous. Encore une fois, Madame, à quoy
puis-je iuger que vous ne
l'aimez plus ? Vous le voyez,
vous luy parlez, vous sçavez qu'il vous aime ; vostre
cœur, dites-vous est changé;

mais voſtre procedé ne l'eſt
point : Enfin , Madame ,
rien ne peut me r'aſſeurer, ſi
ce n'eſt que vous travailliez
à l'éloigner ; & tant qu'il me
paroiſtra que vous ne le voudrez pas, ie croiray que vous
ne vous contraignez gueres,
quãd vous luy dittes que vous
l'aimez. Hé bien, dît alors
Nugna Bella, i'ay deſia fait
aſſez de trahiſons pour l'a-
mour de vous , il faut encore faire celle-cy : mais
donnez - m'en les moyens ,
car le Prince refuſe tous les
iours au Roy l'éloignement
de Conſalve ; & il n'y a pas

M iiij

d'apparence qu'il l'accorde à une priere aussi déraisonnable que la mienne. Je me charge, dit Dom Ramire, d'en faire la proposition au Prince; & pourveu que vous luy fassiez voir que vous y consentez, ie suis asseuré de l'obtenir. Nugna Bella le luy promit; & dés ce soir Dom Ramire, sur le pretexte de leurs interests communs, proposa au Prince de m'éloigner, & de s'en faire un merite auprés du Roy. Le Prince n'eut point de peine à y consentir; il avoit une si grande honte de tout ce qu'il faisoit contre

moy , que ma presence luy
estoit un continuel reproche
de sa foiblesse. Nugna Bella
luy parla comme elle l'avoit
promis à Dom Ramire : ils
resolurent, qu'à la premiere
occasion le Prince feroit dire
au Roy , qu'il ne s'opposoit
plus à mon exil, & qu'il vouloit bien qu'on m'éloignast
de la Cour , pourveu qu'il pa-
rust à tout le monde que c'é-
toit contre son consente-
ment.

Cette occasion se trouva
bien-tost : le Roy se mit en
colere contre son fils pour
quelque chose qu'il avoit fait

fans fon ordre, & dont il m'accufoit d'avoir donné le confeil. Le Prince n'ofant aller chez le Roy, fift femblant d'eftre malade, & garda le lict quelques iours. La Reine, felon fa couftume, travailla à les raccommoder ; elle vint chez fon fils, pour luy dire de la part du Roy, les plaintes qu'il faifoit de luy. Ce ne font pas là, Madame, répondit le Prince, les fujets du chagrin du Roy : j'en connois la caufe ; il a une averfion invincible pour Confalve ; il l'accufe de tout ce qui luy déplaift ; il veut l'éloigner ; il

sera toufiours mal fatisfait de
moy tant que ie n'y confenti-
ray pas. J'aime tendrement
Confalve ; mais ie voy bien
qu'il faut que ie me faffe la
violence de m'en priver, puis
que ie ne fçaurois qu'à ce prix
avoir les bonnes graces du
Roy. Dites-luy donc s'il vous
plaift, Madame, que ie con-
fens à fon éloignement ; mais
à condition, qu'on ne fçaura
point que j'y aye confenty.
La Reine fut furprife du difcours du Prince fon fils : Ce
n'eft pas à moy, luy dit-elle,
a trouver eftrange que vous
ayez de la complaifance pour

les volontez du Roy ; mais j'avouë que ie suis étonnée, que vous consentiez à l'éloignement de Consalve. Le Prince s'excusa par de mauvaises raisons, & passa en suite à un autre discours.

Pendant qu'ils parloient, une des filles de la Reine, qui estoit mon amie, & celle de Nugna Bella, s'estoit trouvée par hazard si proche du lict, qu'elle avoit entendu tout ce que la Reine & le Prince avoient dit sur mon sujet : Elle demeura si surprise & si attentive à penser ce qui pouvoit avoir causé un si grand

changement dans l'esprit du
Prince, que j'entray dans la
chambre, & que ie commen-
çay à luy parler devant qu'elle m'euſt apperceu. Ie luy fis
la guerre de ſa reſverie : Vous
devez m'en eſtre obligé, me
dit-elle ; ie viens d'entendre
une choſe dont ie ſuis ſi étonnée, que ie ne la puis comprendre. Eluire (c'eſt ainſi
que s'appelloit cette fille) me
conta alors ce qu'elle avoit
entendu, & me donna une
ſurpriſe encore plus grande,
que n'avoit eſté la ſienne.
Ie luy fis redire la meſme
choſe une ſeconde fois ;

comme elle achevoit, la Reine sortit, & interrompit nostre conversation. Ie sortis avec elle; & n'ayant pas l'esprit en estat de demeurer auprès du Prince, ie m'en allay seul dans les jardins du Palais, pour faire reflexion sur une si étrange aventure.

Je ne pouvois m'imaginer, qu'un Prince qui me traittoit si bien, voulust me faire chasser de la Cour sans sujet: ie ne pouvois comprendre, ce qui luy pouvoit faire souhaitter mon éloignement: Je ne pouvois deviner ce qui l'obligeoit à me

témoigner de l'amitié, lors
qu'il n'en avoit plus : Enfin,
ie ne pouvois croire, que ce
que ie venois d'aprendre fut
veritable ; & que Dom Garcie euſt la foibleſſe de m'a-
bandonner. Comme ie l'ai-
mois beaucoup, i'eſtois touché de ſon changement juſques au fonds de l'ame : Ne
pouvant ſouſtenir la douleur
que ie reſſentois ; ie voulus
chercher Dom Ramire, pour
avoir le ſoulagement de me
plaindre avec luy.

Dans cette penſée ie m'a-
prochay du Palais ; ie trouvay un des Officiers de la

chambre de Dom Garcie,
que i'avois donné à ce Prince, & qui eſtoit plus proche de ſa perſonne qu'au-
cun autre. Ie luy dis de voir
ſi Dom Ramire n'eſtoit
point chez le Prince, & de
le prier de ma part de me
venir trouver à l'heure meſme. Cét Officier me répondit, qu'il n'y eſtoit pas, qu'il
n'y viendroit ſans doute ſelon ſa couſtume, quaprés que
tout le monde ſeroit retiré. Ie
demeuray extremément ſur-
pris de ces paroles; ie crus d'a-
bord ne les avoir pas bien
entenduës : neantmoins elles

les me firent de l'impression;
il me revint plusieurs choses dans l'esprit, qui me firent soupçonner, que Dom
Ramire avoit quelque intelligence avec le Prince, qu'il
ne me disoit pas. Dans un
autre temps ie n'eusse pas eu
ce soupçon ; mais ce que ie
venois d'apprendre de l'infidelité de Dom Garcie, me
forçoit à croire, que tout
le monde me pouvoit trom-
per. Je demanday à cét Officier, si Dom Ramire alloit
souvent chez Dom Garcie,
aux heures où il n'y avoit personne : Il me répondit, qu'il

N

eſtoit ſurpris que ie luy fiſſe
cette demande ; & qu'il
croyoit que ie n'ignorois, ny
les converſations de Dom
Ramire avec le Prince, ny le
ſujet de leurs converſations.
Je luy repliquay , que ie ne
ſçavois ny l'un ny l'autre, &
que ie trouvois fort étrange
qu'il ne m'en euſt pas averty.
Il crut que ie faiſois ſemblant
de n'en rien ſçavoir, pour découvrir s'il me diroit la verité;
& me voulant faire voir qu'il
eſtoit incapable de me rien
cacher, il me conta l'amour
du Prince pour ma ſœur, &
la part qu'y avoit Dom Ra-

mire. Il me dift, qu'il les en
avoit entendus parler plufieurs fois, lors qu'ils croyoiët
n'eftre écoutez de perfonne;
& qu'il avoit fçeu le refte de
celuy à qui le Prince confioit
fes Lettres pour Hermene-
filde. Ainfi j'appris tout ce
qui fe paffoit, à la referve de
ce qui regardoit Nugna
Bella.

Je ne cherche plus, m'é-
criay-je, tout tranfporté de
colere, d'où vient le changement de Dom Garcie : la tra-
hifon qu'il me fait, luy rend
ma prefence infupportable.
Quoy, Dom Garcie aime ma

sœur ! ma sœur le souffre, &
Dom Ramire est leur con-
fident ! Ie m'arrestay à ces
mots, ne voulant pas faire voir
mon ressentiment à cét Officier, & ie luy deffendis de
parler de ce qu'il venoit de
m'apprendre. Ie me retiray
chez moy avec un trouble
qui m'ostoit la connoissance
de moy-mesme : Lors que ie
fus seul, ie m'abandonnay à
la rage & au desespoir ; je fis
mille fois le dessein d'aller poi-
gnarder le Prince, & Dom
Ramire ; j'eus toutes les pensées de colere, & de ven-
geance, que peut donner

l'excez de l'emportement.
Enfin, aprés avoir un peu remis mon esprit, pour me donner le temps de choisir les
moyens de me vanger, ie resolus de me battre contre
Dom Ramire; de porter Nu-
gna Bella à se retirer en Castille; d'obtenir de son Pere la
permission de l'épouser; &
comme il estoit dans le mesme dessein de revolte que le
mien, de me joindre à eux,
de les animer, de declarer la
guerre au Roy de Leon, &
de renverser le trosne où
Dom Garcie devoit monter.
Ie m'arrestay à cette resolu-

tion, bien qu'elle fuſt contraire à tous les ſentimens que j'avois eus juſques alors ; mais j'eſtois emporté par la violence de mon deſeſpoir.

Ie devois voir Nugna Bella ce meſme ſoir ; j'en attendois l'heure avec impatience ; & l'eſperance de la trouver ſenſible à mon mal-heur, me donnoit le ſeul ſoulagement, dont ie pouvois eſtre capable. Comme ie me preparois à ſortir, un homme en qui elle ſe fioit, & qui m'apportoit ſouvent de ſes Lettres, m'en donna une de ſa part ; & me diſt, qu'elle eſtoit bien faſ-

chée de ne me pouvoir en-
tretenir ce foir-là ; mais qu'il
luy eſtoit impoſſible, pour
les raiſons que ie trouverois
dans ſa Lettre. Ie luy repartis, qu'il eſtoit abſolument
neceſſaire, que ie luy parlaſſe ;
que j'allois luy faire réponſe ;
& que ie le priois d'attendre.
I'entray dans mon cabinet ;
j'ouvris la Lettre de Nugna
Bella ; & j'y trouvay ces paroles.

LETTRE.

IE ne ſçay ſi ie vous doy re-
mercier de la permiſſion

que vous me donnez, de témoigner de la douleur à Consalve, lors qu'il partira. I'eusse
esté bien-aise que vous me
l'eussiez deffendu, pour avoir
quelque raison de ne pas faire
une chose, qui me donnera
tant de contrainte. Quoy que
vous ayez souffert de la conduitte que j'ay euë avec luy
depuis son retour, j'en ay plus
souffert que vous : Vous n'en
douteriez pas, si vous sçaviez la peine que je trouve à
dire à un homme que ie n'ayme plus, que ie l'ayme encore,
quand ie suis mesme au desespoir de l'avoir aymé, & que

je rachepterois de ma vie, de
n'avoir jamais prononcé que
pour vous toutes les paroles
qu'il faut que ie luy die. Vous
connoistrez lors qu'il sera éloigné, les injustices que vous me
faites ; & la joye que vous me
verrez à son départ, vous
persuadera mieux que toutes
mes paroles. Hermenesilde est
en colere contre le Prince, de
ce qu'il parla hyer assez long-
temps à une personne, dont
elle luy a desia témoigné quelque jalousie ; c'est ce qui l'a
empeschée de suivre la Reine,
lors qu'elle est allée chez luy :
Qu'il ne luy fasse pas connoî-

tre qu'il le sçache ; je luy ay
promis de n'en rien dire ; il est
si veritablement aymé d'elle,
qu'il.........

Ma Lettre a esté inter-
rompuë en cét endroit , par
une chose qui me met dans
une inquietude mortelle.
Vne de mes compagnes a
entendu aujourd'huy tout ce
que le Prince a dit à la Reine sur le sujet de Consalve ;
elle l'en a averty à l'heure
mesme ; & elle vient de me
le dire , comme une chose
qui doit me surprendre &
m'affliger. Il est impossible, que Consalve ne vous

soupçonne d'avoir sçeu quelque chose des desseins du Prince, & qu'il ne démêle une grande partie de la verité. Voyez quel embarras cela peut faire ; cette pensée me trouble à un poinct, que ie ne sçay ce que ie fais ; je vay luy écrire, que ie ne puis le voir ce soir ; car ie ne sçaurois m'exposer à luy parler, que vous ne l'ayez veu, & que ie ne sçache par vous ce que ie luy dois dire. Adieu, jugez de mon inquietude.

Je fus si hors de moy-mesme en achevant de lire cette

lettre , que ie ne ſçavois ce
que ie voyois , ny ce que ie
faiſois. Mon emportement ,
& ma colere, avoient eſté au
dernier degré , ſur les trahiſons que j'avois découvertes ;
mais c'eſtoient des ſentimens
trop foibles , & trop communs , pour celle que le hazard venoit encore de me découvrir. Ie demeuray ſans
parole & ſans mouvement ;
& ie fus long-temps en cét
eſtat , ſans avoir que des penſées confuſes , qui tenoient
mon eſprit accablé ſous le
poids de ma douleur.

Vous m'eſtes infidelle ,

Nugna Bella , m'écriay-je
tout d'un coup ! Vous joi-
gnez à voſtre changement
l'outrage de me tromper, &
de conſentir que ie ſois trompé par ce que j'aimois le
mieux apres vous ! C'eſt trop
de mal-heurs à la fois, & ils
ſont d'une nature, qu'il ſeroit
plus honteux d'y reſiſter, que
d'en eſtre accablé. Je cede à
la cruauté du plus mal-heureux ſort , dont un homme
ait iamais eſté perſecuté. I'ay
eu de la force & des deſſeins
de vengeance contre un Prince ingrat, & contre un amy
infidelle;mais ie n'en ay point

contre Nugna Bella : j'eſtois
plus heureux par elle, que
par tout le reſte du monde,
puiſqu'elle m'abandonne,
tout m'eſt indifferent ; & ie
renonce à une vengeance qui
ne me pourroit donner de
joye. Ie me ſuis veu il n'y a
pas long-temps, le premier
homme de tout le Royaume,
par la grandeur de mon Pere,
par la mienne propre, & par
la faveur du Prince ; je me
croyois aimé des perſonnes,
qui m'eſtoient les plus che-
res. La Fortune me quitte ;
ie ſuis abandonné par mon
Maiſtre ; ie ſuis trompé par

ma sœur ; ie suis trahy par mon amy ; ie perds ma Maistresse, & c'est par cét amy que ie la perds ! Est-il possible, Nugna Bella, que vous m'ayez quitté pour Dom Ramire ? Est-il possible, que Dom Ramire ait voulu vous oster à un homme qui vous aimoit si passionnément, & dont il estoit luy-mesme si tendrement aimé ? Falloit-il que ie vous perdisse l'un par l'autre, & qu'il ne me restast pas au moins la foible consolation d'avoir un des deux avec qui me plaindre !

Des reflexions si cruelles,

ne me laiſſoient plus l'uſage
de la raiſon : la moindre des
infortunes dont ie fus accablé dans cette journée, euſt
eſté capable de me donner
une douleur mortelle. Ce
grand nombre de mal-heurs
me mettoient de l'égarement
dans l'eſprit, & ie ne ſçavois
auquel donner mon atten-
tion. Celuy qui avoit apporté
la Lettre de Nugna Bella, me
fiſt dire, qu'il en attendoit la
réponſe ; je revins comme
d'un ſonge, lors qu'on entra
dans mon cabinet ; je répondis, que ie l'envertois le lendemain, & j'ordonnay qu'on
me

me laiffaft en repos.

Ie me mis encore à con-
fiderer l'eftat où i'avois efté,
& celuy où ie me trouvois :
Une fi cruelle experience
de linconftance de la fortune , & de l'infidelité des
hommes , m'infpira le deffein de renoncer pour ia-
mais au commerce du mon-
de , & d'aller finir ma vie
dans quelque defert. Ma
douleur me faifoit voir, que
c'eftoit le feul party que ie
pouvois prendre. Je n'avois
de retraitte qu'aupres de mon
Pere ; ie fçavois le deffein
qu'il avoit de fe revolter ;

O

mais quelque defefperé que
ie fuffe , ie ne pouvois me
refoudre à prendre les armes contre un Roy , dont
ie n'avois point receu d'outrage. Si ie n'euffe efté
abandonné que de la fortune , i'aurois pris plaifir à luy
refifter , & à faire voir que
ie meritois ce qu'elle m'a-
voit donné : Mais aprés a-
voir efté trompé par tant de
perfonnes, que i'avois tant
aimées, & dont ie me croyois
fi affeuré , de quelle efperance pouvois-je encore me
flatter ? Puif-je mieux fervir
un maiftre, difois-je , que i'ay

seruy Dom Garcie ? puis-ie
mieux aimer un amy , que
l'ay aimé Dom Ramire ? &
puis-ie avoir plus d'amour
pour une maiſtreſſe , que i'en
ay pour Nugna Bella ? Ce-
pendant ils m'ont trahi ! Il
faut donc par une retraitte entiere me dérober à la
tromperie des hommes , &
au dangereux pouvoir des
femmes.

Comme ie prenois cette
reſolution , ie vis entrer dans
mon Cabinet un homme de
qualité & de merite , ap-
pellé Dom Olmond , qui
s'eſtoit toûjours attaché à

O ij

moy. Il eſtoit frere de cette Eluire , qui m'avoit averty de la trahiſon du Prince;
& il venoit d'apprendre par
elle , ce que Dom Gar-
cie avoit dit à la Reine. Sa
ſurpriſe fut extréme de voir
ſur mon viſage une agita-
tion & une douleur ſi ex-
traordinaire. Il me connoiſſoit aſſez pour avoir peine à
s'imaginer , que la fortune
ſeule puſt me donner tant
de trouble : Il crut neantmoins, que j'eſtois touché
de l'infidelité du Prince , &
il commença à m'en vou-
loir conſoler. J'avois toû-

jours aimé Dom Olmond,
& ie l'avois ſervy en pluſieurs occaſions, quoy que
ie luy euſſe préferé Dom
Ramire en toutes choſes.
L'ingratitude de ce dernier
me fiſt ſentir dans ce moment l'injuſtice, que i'avois
faite à Dom Olmond : Pour
la reparer, ou peut-eſtre
pour avoir le ſoulagement
de me plaindre, ie luy dé-
couvris l'eſtat où i'eſtois, &
toutes les trahiſons qu'on
m'avoit faites. Il en fut auſſi ſurpris, qu'il le devoit
eſtre ; mais il ne le fut pas autant que ie le penſois de l'infidelité de Nugna Bella. Il

me dit que sa sœur en luy ra-
contant ce qu'elle avoit entendu, luy avoit dit aussi que
Nugna Bella estoit sans doute changée pour moy, &
qu'elle me cachoit beaucoup
de choses. Voyez, Dom
Olmond, luy dis-ie, en luy
monstrant la lettre de Nugna Bella, voyez son changement, & les choses qu'elle m'a cachées. Elle m'a
envoyé cette lettre au lieu
de celle qu'elle m'écrivoit;
& il est aisé de iuger, que
cette lettre s'adresse à Dom
Ramire. Dom Olmond é-
toit si touché de l'estat où

il me voyoit ; & mes mal-
heurs luy paroiſſoient ſi
cruels, qu'il n'entreprenoit
pas de me conſoler. Il me
laiſſoit ſoulager ma douleur
par les plaintes. N'avois-ie
pas raiſon, luy diſ-ie, de
vouloir connoiſtre Nugna
Bella devant que de l'aimer.
Mais ie pretendois une choſe impoſſible ; on ne con-
noiſt point les femmes ; elles ne ſe connoiſſent pas el-
les-meſmes ; & ce ſont les
occaſions qui decident des
ſentimens de leur cœur. Nugna Bella a crû m'aimer ; elle n'aimoit que ma fortune ;

O iiij

elle n'aime peut-estre, que
la mesme chose en Dom
Ramire. Cependant, m'é-
criay-ie, elle ne m'a dit depuis quelque temps, que les
paroles qu'il luy a permises
de me dire. C'estoit à mon
rival à qui ie faisois mes
plaintes du changement
qu'il avoit causé. Il luy parloit pour luy, lors que ie
croyois qu'il luy parloit pour
moy. Est-il possible, que
i'aye esté l'object d'une si
outrageante tromperie? &
l'avois-ie meritée? Le perfi-
de me trahissoit donc aupres
de Nugna Bella, comme il

me trahiſſoit aupres de Dom
Garcie ! Je leur avois con-
fié ma ſoeur, & ils l'ont engagée avec le Prince. Cette ynion qui me paroiſſoit
entre-eux , & qui ne me
donnoit que de la ioye, n'a-
voit pour but que de me
tromper ! O Dieu , m'é-
criay-ie encore , pour qui
reſervez-vous le tonnerre,
ſi ce n'eſt pour des perſonnes ſi indignes de vivre!

Apres ce violent tranſ-
port de ma douleur, l'idée
de Nugna Bella infidelle ,
qui ne me laiſſoit que de l'indifference pour mes autres

malheurs, me remiſt dans une
triſteſſe, où le deſeſpoir paroiſſoit ſans emportement. Ie
dis à Dom Olmond le deſſein
où i'eſtois d'abandonner toutes choſes. Il en fut ſurpris;
il s'y oppoſa: mais ie luy fis
ſi bien voir que i'y eſtois re-
ſolu, qu'il crut inutile d'y
reſiſter, du moins dans ces
premiers momens. Ie pris
tout ce que ie trouvay de
pierreries; & nous montâmes
à cheval, afin de ſortir de
chez moy, devant qu'on me
puſt apporter l'ordre de me
retirer. Nour marchâmes
iuſques à ce que le ſoleil pa-

ruft. Dom Olmond me con-
duifit dans la maifon d'un
homme, qui avoit efté à luy,
& dont il fe tenoit affeuré.
Je voulois qu'il me quittaft
en ce lieu, & qu'il me laiffaft attendre la nuict, pour
entrer dans le chemin, que
i'avois deffein de prendre.
Apres une longue contefta-
tion, il me dit qu'il confentiroit à me quitter comme ie le
fouhaittois, pourvû que ie
luy promiffe de l'attendre au
lieu où nous eftions : que cependant il iroit à Leon pour
apprendre quel effet mon
depart y avoit produit, &

que peut-eſtre ſeroit-il arrivé quelque changement,
qui me feroit quitterla triſte
reſolution que i'avois priſe:
qu'enfin il me demandoit en
grace d'attendre ſon retour.
I'y conſentis, à condition
qu'il ne diroit à perſonne
qu'il m'euſt vû, ny qu'il
ſçeût le lieu où i'eſtois : mais
ſi i'y conſentis, ce fut plutoſt par une curioſité invo-
lontaire, d'apprendre de qu'-
elle maniere Nugna Bella
parloit de moy, que par la
penſée, qu'il puſt eſtre arrivé quelque choſe qui diminuât mes malheurs.

Allez, luy dis-je, mon
cher Olmond, voyez Nu-
gna Bella ; & s'il est possible, sçachez ses sentimens
par vostre sœur : taschez
d'apprendre depuis quel
temps elle a cessé de m'aimer; & si elle ne m'a abandonné, que parce que la Fortune m'a quitté. Dom Ol-
mond m'asseura qu'il feroit
tout ce que je souhait-
tois ; & deux iours apres il
revint me trouver avec une
tristesse, qui me fit bien
voir qu'il n'avoit rien à me
dire, qu'il crût propre à me
faire changer de dessein.

Il m'aprift que tout le monde ignoroit la caufe de mon depart ; que le Prince feignoit auffi bien que Dom Ramire d'en eftre affligé; & que le Roy croyoit que i'eftois party d'intelligence avec le Prince fon fils. Il me dit qu'il avoit vû fa fœur ; que tout ce que ie croyois eftoit veritable ; que le détail qu'il en avoit appris, n'eftoit propre qu'à augmenter mes douleurs ; & qu'il me prioit de ne le pas obliger à m'en faire le recit. Je n'eftois pas en eftat de pouvoir craindre une aug-

mentation à mes maux ; &
ce qu'il me vouloit taire , ê-
toit la seule chose , qui me
pouvoit donner encore quelque curiosité. Je le priay
donc de ne me rien cacher.
Ie ne vous rediray point
tout ce qu'il me dit ; parce
que ie vous en ay desia raconté la plus grande partie,
pour donner quelque ordre
a mon recit. Ce fut par luy
que i'appris toutes les choses, que i'avois ignorées dans
dans le temps qu'elles se pas-
soient , comme vous l'avez
peu iuger. Ie vous diray
seulement , que sa sœur luy

conta, que le foir avant mon
depart, comme elle eftoit
revenuë de chez la Reine, où
Nugna Bella n'avoit point
paru, elle l'avoit efté chercher dans fa chambre : qu'
elle l'avoit trouvée fonduë
en larmes, avec une lettre
entre fes mains ; qu'elles a-
voient efté fort furprifes
l'une & l'autre par des raifons differentes : Qu'enfin
Nugna Bella apres avoir efté
fort long-temps fans parler,
avoit fermé la porte, & luy
avoit dit, qu'elle alloit luy
confier tout le fecret de fa
vie ; qu'elle la prioit de la
plaindre,

plaindre, & de la consoler
dans le plus cruel estat, où
une personne se fut iamais
trouvée. Qu'alors elle luy
avoit appris tout ce qui s'é-
toit passé, entre le Prince,
Dom Ramire, ma sœur, &
elle, de la maniere dont ie
viens de vous le raconter;
& qu'en suitte elle luy avoit
dit que Dom Ramire venoit
de luy renvoyer cette lettre
qu'elle tenoit entre ses mains,
parce qu'elle n'estoit pas pour
luy; que c'estoit celle qu'elle m'écrivoit; que i'avois
receu celle qui estoit pour
Dom Ramire; & qu'en la

P

recevant i'avois appris tout ce qu'ils me cachoient depuis si long-temps.

Eluire dit à son frere, qu'elle n'avoit iamais veu une personne si troublée, & si affligée, que Nugna Bella. Elle craignoit que ie n'avertisse le Roy de l'intelligence de ma sœur & du Prince; que ie ne fisse chasser Dom Ramire de la Cour; & que ie ne l'en fisse éloigner elle-mesme : que sur tout elle apprehendoit la honte de mes reproches; & que les infidelitez qu'elle m'avoit faites, luy donnoient

pour moy une haine extra-
ordinaire.

Vous iugez bien, que tout
ce que m'apprit Dom Ol-
moud ne diminua pas mes
déplaisirs ; & ne me fit pas
changer de dessein. Il s'op-
piniastra avec des marques
d'amitié extraordinaires à me
vouloir suivre, & à l'engager à me tenir compagnie
dans le desert où ie m'en allois. Ie luy dis si fortement
que ie ne le souffrirois iamais, qu'enfin nous nous se-
parasmes. Il me quitta à
condition , qu'en quelque
lieu que ie pusse aller, ie luy

donnerois de mes nouvelles.
Il s'en retourna à Leon, &
ie partis dans la pensée de
m'embarquer au premier port
que ie trouverois. Mais
quand ie fus seul, & abandonné à la reflexion de mes
malheurs, le reste de ma vie
me parut une si longue souf-
france, que ie me resolus
d'aller chercher la mort dans
la guerre, que le Roy de
Navarre avoit contre les
Maures. Ie ne m'y fis connoistre que sous le nom de
Theodoric ; & ie fus assez
mal-heureux pour trouver
quelque gloire que ie ne

cherchois pas , au lieu de la
mort que i'avois cherchée.
La Paix fut concluë ; ie repris mon premier deſſein ;
& voſtre rencontre fit changer une ſolitude affreuſe ,
où ie m'en allois, en une retraitte agreable.

I'y trouvois le repos , &
la tranquilité, que i'avois perduë. Ce n'eſt pas que l'ambition ne ſe ſoit réveillée quelquefois dans mon cœur; mais
ce que i'ay éprouvé de l'in-
conſtance de la fortune me
la renduë mépriſable; & l'a-
mour que i'ay euë pour Nugna Bella eſtoit tellement

effacée par le mépris qu'elle ma donné pour elle, que ie pouvois dire, qu'il ne me restoit aucune passion, quoy qu'il me restast encore beaucoup de tristesse. La veuë de Zayde vient m'oster ce triste repos, dont ie iouïssois ; & me iette dans de nouveaux mal-heurs beaucoup plus cruels, que ceux que i'ay desia éprouvez.

Alphonse demeura surpris, & charmé du recit de Consalve. I'avois conceu, luy dit-il, une grande idée de vostre merite, & de vô-

tre vertu ; mais i'avoüe que
ce que ie viens d'aprendre
est encore au deſſus de ce
i'en avois penſé. Ie dois plutoſt craindre, répondit Conſalve, que ie n'aye diminué
la bonne opinion, que vous
aviez de moy, en vous faiſant voir combien i'ay eſté
facile à tromper. Mais i'é-
tois jeune ; j'ignorois les trahiſons de la Cour ; j'eſtois
incapable d'en faire ; je n'a-
vois aimé que Nugna Bella ;
l'amour que j'avois pour elle
ne me laiſſoit pas imaginer,
que les paſſions puſſent finir :
ainſi rien ne me portoit à la

défiance, ny sur l'amitié, ny
sur l'amour. Vous ne pouviez
vous garantir d'estre trompé,
repartit Alphonse, à moins
que d'estre naturellement
soupçonneux ; encore vos
soupçons, quoy que bien
fondez, vous auroient parû
injustes ; puisque vous n'a-
viez eu jusques alors aucun
sujet de vous défier des personnes qui vous trompoient :
Et leur tromperie estoit conduite avec tant d'habilité, que
la raison ne vouloit pas qu'on
la soupçonnast. Ne parlons
point de mes mal-heurs passez, reprit Consalve, ils ne

me sont plus sensibles ; Zayde
m'en oste mesme le souvenir,
& ie m'estonne que j'aye pû
vous les raconter. Mais con-
siderez, que ie n'avois iamais
crû pouvoir estre amoureux
par la beauté seule ; ny pouvoir estre touché d'une personne, qui auroit eu quelque
attachement : cependant j'a-
dore Zayde, dont ie ne connois rien , sinon qu'elle est
belle, & qu'elle est prevenuë
pour un autre. Puisque j'ay
esté trompé dans l'opinion,
que j'avois conceuë de Nugna Bella que ie connoissois,
que puis-je attendre de Zay-

de que ie ne connois point ?
Mais qu'en veux-je attendre,
& quelles pretentions puis-je
avoir sur Zayde ? Elle m'est
entierement inconnuë ; le hazard l'a jettée sur cette coste ;
elle brûle d'impatience de
s'en aller ; ie ne puis la retenir
sans injustice , & avec bien-
seance. Quand ie l'y retien-
drois , en serois-je plus heureux ? Ie la verrois tous les
iours pleurer un homme
qu'elle aime, & se souvenir
de luy en me regardant. Ah !
Alphonse , quel mal que la
jalousie. Ah ! Dom Garcie,
vous aviez raison, il n'y a de

paſſion que celles qui nous
frappent d'abord, & qui
nous ſurprennent : Les autres ne ſont que des liaiſons
où nous portons volontaire-
ment noſtre cœur. Les veritables inclinations nous l'ar-
rachent mal-gré nous ; & l'a-
mour que j'ay pour Zayde,
eſt un torrent qui m'entraiſ-
ne, ſans me laiſſer un moment le pouvoir d'y reſiſter.
Mais Alphonſe, adjouſta-t-il,
ie vous fais paſſer la nuit à
vous entretenir de mes peines, & il eſt juſte de vous
laiſſer en repos.

Apres ces paroles, Alphonſe

se retira dans sa chambre,
& Consalve passa le reste de
la nuict, sans donner un moment au sommeil. Le iour
suivant Zayde parut encore
occupée du desir de retrouver ce qu'elle avoit desia
cherché ; mais tout le soin
qu'elle prît fut inutile. Consalve ne la quittoit point ; il
oublioit mille fois le iour,
qu'elle ne pouvoit l'entendre , & qu'elle ne luy pouvoit répondre : il luy demandoit la cause da sa douleur , avec la mesme circon-
spection, & la mesme crainte de luy déplaire , que si el-

le l'avoit entendu. Quand
la raison luy revenoit, &
qu'il avoit le déplaisir de voir
qu'elle ne pouvoit luy répondre, il cherchoit le sou-
lagement de luy dire tout ce
que sa passion luy inspiroit.

Je vous aime, belle Zay-
de, disoit-il en la regardant :
je vous aime, je vous adore;
j'ay au moins le plaisir de
vous le dire, & de ne pas
attirer vostre colere : Toutes vos actions me persuadent, qu'on n'oseroit vous
le declarer sans vous déplaire : mais cét amant que vous
pleurez, vous a parlé sans

doute de son amour, & vous vous estes accoustumée à l'entendre. Que d'un mot, belle Zayde, vous m'éclairciriez de doutes.

Lors qu'il luy parloit ainsi, elle se tournoit quelquefois vers Felime avec étonnement, & comme pour luy faire remarquer une ressemblance, dont elle estoit toûjours surprise; C'estoit une douleur si vive pour Consalve de s'imaginer qu'il la faisoit souvenir de son rival, qu'il eust aisément renoncé aux avantages de sa beauté, & de sa bonne mi-

ne , pour n'avoir point une
telle reſſemblance. Cette
douleur luy eſtoit ſi inſupor-
table, qu'il ne pouvoit preſque plus ſe reſoudre à paroiſtre devant Zayde ; il aimoit mieux ſe priver de ſa
veuë , que de luy repreſenter l'image de celuy qu'elle
aimoit. Et lors que ſes regards luy paroiſſoient favorables , il ne les pouvoit ſu-
porter , tant il eſtoit perſuadé qu'ils ne s'adreſſoient pas
à luy. Il la quittoit, & s'en
alloit paſſer des apresdînées
entieres dans le bois : Quand
il revenoit auprés d'elle, il luy

trouvoit plus de froideur &
plus de chagrin qu'elle n'a-
voit accoustumé d'en avoir.
Il crut mesme dans la suitte,
remarquer quelque inégalité dans la maniere dont elle
le traittoit ; mais comme il
n'en pouvoit deviner la cause, il s'imagina, que le déplaisir de se trouver dans un
païs inconnu, faisoit les changemens, qui paroissoient
dans son humeur. Il voyoit
bien neantmoins, que l'affliction qu'elle avoit euë les
premiers iours, commençoit
à diminuer. Felime estoit
plus triste que Zayde ; mais
sa

sa tristesse étoit toûjours égale:
Elle en paroissoit accablée ; &
il sembloit qu'elle ne cherchoit
qu'à estre seule, & à entretenir sa réverie. Alphonse en
parloit quelquefois à Consalve avec estonnement ; &
il estoit surpris que sa grande
mélancolie ne diminuât point
sa beauté. Cependant Con-
salve ne songeoit qu'à plaire
à Zayde , & à luy donner
tous les divertissemens, que
la promenade , la chasse, &
la pesche, luy pouvoient four-
nir. Elle s'occupa aussi à
ce qui la pouvoit divertir : elle travailla pendant quelques

Q

iours à un bracelet de ſes cheveux, & apres l'avoir achevé,
elle ſe l'attacha au bras avec
cét empreſſement, que l'on a
pour les choſes qui vien-
nent d'eſtre achevées. Le
iour meſme qu'elle le miſt,
le hazard voulut, qu'elle le
laiſſaſt tomber dans le bois.
Conſalve qui l'avoit veuë
ſortir alloit la chercher; &
en marchant ſur ſes pas, il
trouva ce bracelet, qu'il
n'eut pas de peine à reconnoiſtre. Il eut une ioye ſenſible de l'avoir trouvé: Cette ioye auroit eſté encore
plus grande, s'il l'euſt receu

des mains de Zayde : mais
comme il ne l'avoit pas esperé , il se tenoit heureux de
le devoir à la fortune. Zayde
qui s'estoit desia aperceuë de
la perte qu'elle avoit faite revenoit chercher dans les lieux
où elle avoit passé. Elle fit entendre à Consalve ce qu'elle
avoit perdu, & luy en témoigna mesme beaucoup de chagrin : quelque peine qu'il
sentist de luy causer de l'inquietude, il ne pût se resoudre à luy rendre une chose,
qui luy estoit si chere. Il fit
semblant de chercher avec
elle , & enfin il l'obligea à

ne plus chercher inutile-
ment. Si-toſt qu'il fut retiré dans ſa chambre, il baiſa
mille fois ce bracelet, & y
mit une attache de pierreries
d'un grand prix. Quelque-
fois il alloit ſe promener,
devant que Zayde fuſt éveil-
léc; & lors qu'il eſtoit en un
lieu où il croyoit ne pouvoir
eſtre veu, il détachoit ce
bracelet, afin de le mieux
conſiderer.

Un matin qu'il eſtoit dans
cette occupation, & qu'il s'é-
toit aſſis ſur des rochers avan-
cez dans la mer, il entendit
quelqu'un proche de luy : il ſe

retourna brufquement, & il
fut bien furpris de voir que
c'étoit Zayde. Tout ce qu'il
put faire fut de cacher ce
bracelet : mais ce ne put é-
tre fi promptement , que
Zayde ne vît qu'il avoit caché quelque chofe : Il s'imagina , qu'elle avoit veu ce
qu'il avoit caché ; il remarqua fur fon vifage tant de
froideur , & tant de chagrin,
qu'il ne douta point , qu'elle ne fuft en colere , de ce
qu'il ne luy avoit pas rendu fon bracelet : Il n'o-
foit lever les yeux fur elle ;
il craignoit qu'elle ne luy fît

entendre qu'elle le vouloit ravoir; mais il ne pouvoit se resoudre à le luy rendre. Elle
paroissoit triste & embarras-
sée ; & sans regarder Consalve, elle s'assit sur le rocher,
& tourna la teste vers la
mer. Le vent emporta, sans
qu'elle y prît garde, un voile qu'elle tenoit entre ses
mains : Consalve se leva pour
le ramasser ; mais en se levant
il laissa tomber le bracelet,
qu'il n'avoit pû rattacher,
par la crainte qu'il avoit euë
de le laisser voir. Zayde se
tourna au bruit que fit Consalve ; elle vid son bracelet,

& le ramassa devant qu'il
s'en fust apperceu. Il fut extrémement troublé, lors qu'il
le vid entre ses mains , & par
le desespoir de le perdre ,
& par l'apprehension de sa
colere. Il se r'asseura neantmoins en luy voyant un visage, où il ne paroissoit plus
ny de chagrin , ny de dépit;
où il crût voir au contraire
quelque impression de douceur ; & il ne fut pas moins
émeu , par l'esperance, que
luy donnoit le visage de
Zayde, qu'il l'avoit esté un
moment auparavant par la
crainte de luy avoir déplû.

Elle regarda avec admiration la beauté de l'attache de pierreries ; & apres l'avoir regardée, elle l'a défit, la rendit à Consalve , & reserra le bracelet. Lors que Consalve vit , que Zayde ne luy avoit rendu que les pierreries , il se tourna du costé de la mer, & y jetta cette attache , avec un air de réverie & de tristesse ; comme s'il l'eût laissé tomber par hazard. Zayde fist un grand cry, & s'avança pour voir si on ne la pourroit point retrouver: mais il luy montra qu'on cherche

roit inutilement ; & fans vouloir qu'elle fist une plus longue reflexion fur ce qu'il venoit de faire, il luy donna la
main pour l'éloigner du lieu
où ils eftoient. Ils marcherent
fans fe regarder, & reprirent
infenfiblement le chemin de
la maifon d'Alphonfe, fi em-
baraffez l'un & l'autre, qu'il
fembloit qu'ils cherchaffent
à fe quitter.

Si-toft que Confalve l'eut
remife dans fa chambre, il alla
réver à fon aventure : Quoy
que Zayde ne luy euft pas témoigné autant de colere qu'il
en avoit apprehendé, il s'i-

magina que la joye de ravoir
ſon bracelet avoit diſſipé ſon
premier chagrin ; ainſi il n'en
eut pas moins de déplaiſir.
Quelque paſſion qu'il eût
d'obtenir ce bracelet, il crut
qu'il offenſeroit Zayde de la
luy témoigner ; & il demeura accablé de la douleur que
donne l'amour, quand il eſt
ſeparé de l'eſperance. Toute
ſa conſolation eſtoit de ſe
plaindre avec Alphonſe , &
de ſe blâmer luy-meſme de
la foibleſſe qu'il avoit d'aimer
Zayde.

Vous vous accuſez avec injuſtice, luy diſoit quelquefois

Alphonse ; il n'est pas aisé de se deffendre au milieu d'un desert contre une aussi grande beauté que celle de Zayde. Ce seroit tout ce que vous pourriez faire au milieu de la Cour, où d'autres beautez feroient quelque diversion, & où du moins l'ambition partageroit vostre cœur. Mais aime-t'on sans esperance, disoit Consalve ? Et comment pourrois-je esperer d'estre aimé, puisque ie ne puis seulement dire que j'aime ? Comment le persuaderay-je, si ie ne puis le dire ? Quelles de mes actions peuvent en asseu-

rer Zayde dans un lieu où ie
ne voy qu'elle , & où ie ne
puis luy faire connoiſtre, que
ie la prefere aux autres? Comment effacer de ſon eſprit celuy qu'elle aime ? Ce ne pourroit eſtre que par l'agrément
qu'elle trouveroit en ma perſonne ; & le mal-heur veut,
que mon viſage luy conſerve
le ſouvenir de ſon Amant.
Ah! mon cher Alphonſe, ne
me flattez point ; il faut que
j'aye perdu la raiſon pour aimer Zayde ; pour l'aimer autant que ie fais ; & meſme
pour ne me pas ſouvenir d'en
avoir aimé une autre, & d'en

avoir esté trompé. Je croy
aussi, répondit Alphonse,
que vous n'avez aimé qu'elle,
puisque vous ne connoissez
la jalousie, que depuis que
vous l'aimez. Je n'avois pas
de suiet d'estre ialoux de Nugna Bella, repartit Consalve,
tant elle sçavoit bien me
tromper. On est ialoux sans
suiet, repliqua Alphonse,
quand on est bien amoureux.
Vous le voyez par vostre experience; faites reflexion sur
la douleur que vous donnent
les pleurs de Zayde; & re-
marquez comme la ialousie
vous a fait imaginer, qu'elle

pleure un amant , pluftoſt
qu'un frere. Je ne ſuis que
trop perſuadé , reprit Conſalve , que i'aime beaucoup
plus Zayde, que ie n'ay aimé
Nugna Bella : L'ambition de
cette derniere , & ſon application aux affaires du Prince,
ont ſouvent r'allenty mon a-
mour ; & tout ce que ie trouve en Zayde d'oppoſé à mon
humeur , comme de croire,
qu'elle en aime un autre ,
& de ne connoiſtre ny ſon
cœur , ny ſes ſentimens , ne
peut affoiblir ma paſſion.
Mais Alphonſe , pour aimer
beaucoup davantage Zayde ,

que ie n'ay aimé NugnaBella,
ie n'en suis que plus déraisonnable. Le succez de l'amour
que i'ay eu pour Nugna Bella a esté cruel , ie l'avouë ;
neantmoins tout homme qui
aime , peut en avoir un pareil.
Il n'y avoit point d'aveugle-
ment à l'aimer ; ie la connoissois ; elle n'en aimoit point
d'autre ; ie luy plaisois ; ie pouvois l'épouser : mais Zayde,
Alphonse, mais Zayde, qui
est-elle ? qu'en puis-je pretendre ? & hormis son admirable beauté qui m'excuse,
tout le reste ne me condam-
ne-t-il pas ?

Consalve avoit souvent de pareilles conversations avec Alphonse : Cependant son amour augmentoit tous le iours, il ne pouvoit s'empécher de laisser parler ses yeux d'une maniere si forte , qu'il croyoit voir dans ceux de Zayde , que leur langage estoit entendu; & il la trouvoit quelquefois dans un certain embarras , qui ne l'en laissoit pas douter. Comme elle ne pouvoit se faire entendre par ses paroles, ce n'estoit quasi que par ses regards , qu'elle expliquoit à Consalve une partie

tie des choses qu'elle luy
vouloit dire ; mais il y avoit
ie ne sçay quoy de si beau,
& de si passionné dans ses regards, que Consalve en é-
toit penetré. Belle Zayde,
disoit-il quelquefois, est-ce
ainsi que vous regardez ceux
que vous n'aimez pas ? que
reservez-vous donc pour cét
heureux Amant dont j'ay le
malheur de vous faire souvenir ? S'il n'eût point esté
prévenu de cette pensée, il
ne se fut pas crû si infortuné ; & les actions de Zayde ne luy devoient pas persuader, qu'elle n'eût pour

R

luy que de l'indifference.

Un jour qu'il l'avoit quittée pour quelque moment,
il alla se promener sur le
bord de la mer ; & revint
ensuitte auprés d'une fontai-
ne , qui estoit dans le bois,
en un endroit agreable , où
elle alloit assez souvent. Lors
qu'il s'en approcha , il entendit quelque bruit ; & il
vid au travers des arbres ,
Zayde assise auprés de Felime : La surprise que causa
cette rencontre à Consalve,
luy donna la mesme joye,
que si le hazard l'eust rame-
né auprés de Zayde , aprés

une année d'absence. Il s'a-
vança vers le lieu où elle
estoit : quoy qu'il fit assez
de bruit , elle parloit avec
tant d'attention , qu'elle ne
l'entendit point. Lors qu'il
fut devant elle , elle parut
embarassée comme une per-
sonne qui venoit de parler
haut , qui craignoit qu'on
n'eust entendu ce qu'elle a-
voit dit, & qui avoit oublié,
que Consalve ne pouvoit
l'entendre. L'émotion que
luy avoit causé cette surprise , avoit en quelque sorte
augmenté sa beauté; & Consalve qui s'estoit assis auprés

d'elle, ne pouvant plus eſtre
maiſtre de luy-meſme, ſe
ietta tout d'un coup à ſes
genoux, & luy parla de ſon
amour, d'une maniere ſi
paſſionnée, qu'il n'eſtoit pas
neceſſaire d'entendre ſes paroles, pour ſçavoir ce qu'elles vouloient dire. Il parut
à Conſalve qu'elle ne les entendoit que trop ; elle rougit ; & aprés avoir fait une
action de la main, qui ſembloit le repouſſer, elle ſe leva avec une civilité froide,
comme pour le faire lever
d'un lieu, où il pourroit é-
tre incommodé. Alphonſe

paſſa dans l'allée en ce moment ; & elle marcha vers
luy ſans ietter les yeux ſur
Conſalve. Il demeura à la place où il eſtoit, ſans avoir la
force de ſe relever.

Voila, dit-il en luy-meſme,
la maniere dont on me traite,
quand on ne me regarde pas
comme le portrait de mon rival. Vous tournez les yeux
ſur moy, belle Zayde, d'une
maniere à charmer & à em-
braſer tout le monde, lors
que mon viſage vous fait ſouvenir du ſien ; mais ſi i'oſe
vous témoigner que ie vous
aime, vous ne laiſſez pas ſeu-

lement tomber sur moy des regards de colere, vous me trouvez indigne d'estre regardé. Si ie pouvois au moins vous apprendre, que ie sçay que vous pleurez un amant, ie me trouverois heureux, & i'avouë que ma ialousie seroit vangée par le dépit que vous en recevriez. N'est-ce point aussi, que ie veux vous paroistre persuadé, que vous aimez quelque chose, pour avoir la ioye d'estre asseuré par vous-mesme que vous n'aimez rien. Ah! Zayde, ma vangeance est interessée; & elle cherche moins à vous offenser , qu'à vous donner lieu de me satisfaire.

Dans ces pensées, il reprît le chemin du logis, pour s'ôter du lieu où estoit Zayde, & pour estre seul dans une galerie où il se promenoit quelquefois. Il y réva long-temps , aux moyens de faire entendre à Zayde , qu'il la soupçonnoit d'en aimer un autre : mais il estoit difficile d'en trouver ; & ce n'estoit pas une chose qui se pust faire comprendre sans paroles. Apres s'estre lassé de réver, & de se promener, il voulut sortir de la galerie, lors qu'un

R iiij

Peintre, qui travailloit à des
tableaux qu'Alphonſe faiſoit
faire, le pria avec beaucoup
d'empreſſement de regarder
ſon ouvrage. Conſalve euſt
bien voulu s'en diſpenſer ;
mais pour ne pas fâcher ce
Peintre, il s'arreſta à conſiderer ce qu'il faiſoit. C'eſtoit
un grand tableau où Alphonſe avoit voulu qu'il repreſen-
taſt la mer, comme on la
voyoit de ſes feneſtres ; &
pour rendre ce tableau plus
agreable, il y avoit fait pein-
dre une tempeſte. Il paroiſſoit d'un coſté des vaiſſeaux
qui periſſoient en plaine mer;

de l'autre des navires qui se
brisoient contre les rochers:
On voyoit des hommes, qui
tâchoient de se sauver à la
nage ; & on en voyoit qui
avoient desja pery , & dont
la mer avoit jetté les corps sur
le sable. Cette tempeste fist
souvenir Consalve du nau-
frage de Zayde, & luy mist
dans l'esprit un moyen de luy
faire connoistre ce qu'il pen-
soit de son affliction. Il dist
au Peintre , qu'il falloit ad-
jouster encore quelques figures dans son tableau , &
mettre sur un des rochers qui
y estoient representez, une

jeune & belle perſonne pan-
chée ſur le corps d'un homme mort eſtendu ſur le ſable.
Qu'il falloit qu'elle pleuraſt
en le regardant ; qu'il y euſt
un autre homme à ſes genoux
qui eſſayaſt de l'oſter d'aupres de ce mort : Que cette
belle perſonne, ſans tourner
les yeux du coſté de celuy qui
luy parloit, le repouſſaſt d'u-
ne main, & que de l'autre
elle paruſt eſſuyer ſes larmes.
Le Peintre promit à Conſalve
de ſuivre ſa penſée, & commença à la deſſiner : Conſalve
en fut ſatisfait, & le pria de
travailler avec diligence. En

suitte il sortit de la gallerie ; il
alla pour retrouver Zayde ,
ne pouvant mal-gré son dépit estre plus long-temps separé d'elle ; Mais il sçeut qu'au
retour de la promenade , elle
s'estoit retirée dans sa chambre , & il ne pût la voir de
tout le reste du iour. Il en eut
de la tristesse & de l'inquietude , & il craignit qu'elle ne
l'eust privé de sa veuë pour le
punir de ce qu'il avoit osé luy
faire entendre. Le lendemain
elle luy parut plus serieuse
qu'à l'ordinaire ; mais les iours
suivans , il l'a trouva comme
elle avoit accoûtumé d'estre.

Cependant, le Peintre travailloit à ce que Consalve luy avoit ordonné ; & Consalve attendoit avec beaucoup d'impatience, que cét ouvrage fust achevé : Si-tost qu'il le fut, il conduisit Zayde dans la galerie , comme pour luy donner le divertissement de voir travailler le Peintre : Il luy fist d'abord regarder tous les tableaux qui estoient desia faits , & en suite il luy fist considerer avec plus d'attention celuy de la mer, où l'on travailloit encore. Il luy fist remarquer cette jeune personne, qui pleuroit un hom-

me mort ; & lors qu'il vid que
ses yeux y estoient attachez,
& qu'il sembloit qu'elle re-
connust le rocher où elle alloit si souvent, il prit le crayon
du Peintre, & écrivit le nom
de Zayde au dessus de cette
belle personne, & celuy de
Theodoric au dessus de ce
jeune homme qui estoit à genoux. Zayde qui lisoit ce
qu'écrivoit Consalve, rougit
lors qu'il eut achevé ; & apres
l'avoir regardé avec des yeux
qui témoignoient de la colere, elle prît un pinceau, &
effaça entierement cét homme mort qu'elle jugea bien

que Confalve l'accufoit de
pleurer. Quoy qu'il connuft
aifément qu'il avoit fafché
Zayde, il ne laiffa pas d'avoir
une joye fenfible de luy voir
effacer celuy qu'il en croyoit
aimé.   Encore qu'il pût s'i-
maginer, que cette action de
Zayde fuft plûtoft un effet
de fa fierté, qu'une preuve
qu'elle ne regrettoit perfonne ; il trouvoit neantmoins,
qu'aprés l'amour qu'il luy
avoit témoignée, elle luy faifoit une faveur de ne vouloir pas luy laiffer croire,
qu'elle en aimât un autre :
Mais le peu d'efperance que

luy donnoit cette pensée ne
pouvoit détruire tant de sujets de crainte, qu'il croyoit
avoir.

Alphonse qui n'estoit prévenu d'aucune passion, ju-
geoit des sentimens de cette belle Etrangere, d'vne
maniere bien differente de
Consalve. Je trouve, luy disoit-il, que vous avez tort de
vous croire malheureux; vous
l'estes sans doute, de vous
estre attaché à une personne, que vray-semblablement
vous ne pouvez épouser;
mais vous ne l'estes pas de
la maniere dont vous croyez

l'eſtre , & les apparences ſont trompeuſes, ſi vous n'êtes veritablement aimé de Zayde. Il eſt vray , répondit Conſalve, que ſi ie jugeois de ſes ſentimens par ſes regards, ie pourrois me flatter de quelque eſperance : mais comme ie vous l'ay dit, elle ne me regarde que par cette reſſemblance, qui me donne tant de jalouſie. Je ne ſçay , repliqua Alphonſe, ſi tout ce que vous penſez eſt veritable ; mais ſi j'eſtois à la place de celuy que vous croyez qu'elle regrette, ie ne ſerois pas ſatisfait que ma reſſemblance fit regarder quel-

quelqu'un avec des yeux si favorables ; & il est impossible que l'idée d'un autre produise les sentimens que Zayde a pour vous. L'esperance est naturelle aux amans; si quelques actions de Zayde en avoient desia fait concevoir à Consalve, le discours d'Alphonse acheva de luy en donner : Il crut voir, que Zayde ne le haïssoit pas; & il en ressentit une joye extraordinaire ; mais cette joye ne luy dura pas long-temps : il s'imagina qu'il ne devoit qu'à la ressemblance de son rival le panchant

S

qu'elle avoit pour luy ; il
pensa qu'aprés avoir perdu
un homme, qu'elle avoit fort
aimé, elle avoit des dispositions favorables pour un autre, qui luy ressembloit. Son
amour, sa ialousie, & sa gloire ne pouvoient se satisfaire
d'une inclination, qu'il n'a-
voit pas fait naistre, & qui
ne venoit, que par celle
qu'elle avoit euë pour un
autre. Il crût, que quand
il seroit aimé de Zayde, ce
ne seroit toûjours que son
rival, qu'elle aimeroit en
luy ; enfin il trouvoit, qu'il
seroit mal-heureux quand

mesme il seroit asseuré d'être
aimé. Neantmoins il ne pouvoit se deffendre de voir avec
plaisir dans la maniere d'agir
de cette belle Etrangere, un
air fort different de celuy
qu'elle avoit eu d'abord ; &
la passion qu'il avoit pour
elle estoit si ardante, qu'à
quelque cause, qu'il crût devoir les marques de son inclination, il luy estoit impossible
de ne les pas recevoir avec
transport.

Un iour, qu'il faisoit assez beau, voyant qu'elle ne
sortoit point de sa chambre,
il y entra pour sçavoir si elle

ne vouloit point se promener.　Elle écrivoit ; & bien
qu'il fit du bruit en entrant,
il s'aprocha d'elle sans qu'-
elle s'en apperçeust , & se
mit à la regarder écrire. Elle tourna la teste par hazard,
& voyant Consalve , elle
rougit, & cacha ce qu'elle
écrivoit ; avec une émotion,
qui ne causa pas un mediocre trouble à Consalve.　Il
s'imagina qu'elle ne pouvoit
avoir tant d'application , &
tant de surprise , pour une
lettre , qui n'auroit pas eu
quelque chose de mystericux:
Cette pensée luy donna de

l'inquietude ; il se retira , &
s'en alla chercher Alphonse
pour raisonner sur une auan-
ture , qui luy donnoit des
imaginations bien differentes de celles qu'il avoit euës
jusques alors. Apres l'avoir
cherché long-temps sans le
trouver , tout d'un coup un
sentiment de jalousie le fist
retourner dans la chambre
de Zayde : Il y entra ; mais
il ne l'y trouva pas ; elle a-
voit passé dans un cabinet ,
où Felime estoit d'ordinaire ;
Consalve vit sur la table un
papier écrit à demy plié, il
ne pût se deffendre de l'en-

vie de le voir ; il l'ouvrit, &
il ne douta point, que ce ne
fuſt le meſme qu'il avoit vû
écrire à Zayde un moment
auparavant. Il trouva dans
ce papier le bracelet de cheveux, qu'elle luy avoit oſté:
Elle rentra comme il tenoit
ce papier & ce bracelet; elle s'avança pour les repren-
dre ; Conſalve ſe retira de
quelques pas comme s'il euſt
voulu les garder ; mais neantmoins avec une action ſou-
miſe, qui ſembloit luy en
demander la permiſſion.
Zayde luy témoigna, qu'elle les vouloit ravoir, & avec

un air où il y avoit tant d'au-
torité, qu'il eſtoit impoſſible
à un homme auſſi amoureux
que luy, de ne pas obeïr. Ce
fut neantmoins avec la plus
grande douleur qu'il euſt iamais ſentie, qu'il remiſt entre les mains de Zayde ce
qu'il croyoit qu'elle deſtinoit
à un autre. Il ne pût eſtre
maiſtre de ſon chagrin; il ſortit aſſez bruſquement de la
chambre, & s'en alla dans la
ſienne. Il y rencontra Alphonſe, qui le venoit trouver
ſur ce qu'on luy avoit dit qu'il
le cherchoit: Si-toſt qu'ils furent aſſis; Je ſuis bien plus

mal - heureux que ie ne l'ay
pensé, mon cher Alphonse,
luy dit-il ; ce rival dont j'é-
tois si jaloux, tout mort que
ie le croyois, n'est pas mort
asseurément; je viens de trouver Zayde, qui luy écrit ; je
viens de voir ce bracelet
qu'elle m'a osté, qu'elle luy
envoye ; il faut qu'elle ait eu
de ses nouvelles; il faut qu'il
y ait icy quelqu'un de caché,
qui luy doive porter des siennes ; enfin, toutes ces espe-
rances de bon-heur que j'ay
euës, ne sont qu'imaginaires,
& ne viennent que de mal
expliquer les actions de Zay-

de. Elle avoit raison d'effacer
ce mort, que ie luy faisois
entendre qu'elle pleuroit ;
elle sçavoit bien que celuy
pour qui couloient ses larmes
vivoit encore. Elle avoit raison d'avoir tant de colere de
voir son bracelet entre mes
mains, & tant de joye de l'a-
voir repris, puis qu'elle l'avoit
fait pour un autre. Ah ! Zayde, il y a de la cruauté à me
laisser prendre de l'esperance ;
car enfin, vous m'en laissez
prendre, & vos beaux yeux
ne me la deffendent pas. La
douleur de Consalve estoit si
vive, qu'il pust à peine ache-

ver ces paroles. Apres qu'Alphonse luy eut laissé le temps de se remettre ; il le pria de luy dire, comment il avoit appris ce qu'il venoit de luy raconter, & si Zayde avoit trouvé en un moment le moyen de se faire entendre. Consalve luy conta ce qu'il venoit de voir du trouble de Zayde, lors qu'il l'avoit surprise en écrivant ; comme il avoit trouvé ce bracelet dans le mesme papier qu'elle avoit écrit, & comme elle l'avoit retiré de ses mains. Enfin, Alphonse, adjousta-t-il, on n'est point si troublé pour

une lettre indifferente : Zayde n'a icy aucun commerce,
ny aucune affaire ; elle ne
peut écrire avec tant d'attention , que de ce qui se passe
dans son cœur , & ce n'est
pas à moy à qui elle l'écrit :
ainsi , que voulez-vous que
ie pense de ce que ie viens de
voir. Je veux , repartit Alphonse, que vous ne pensiez
pas des choses si peu vray-
semblables, & qui vous donnent tant de douleur : Parce
que Zayde rougit lors que
vous la surprenez en écrivant;
vous croyez qu'elle écrit à
vostre rival; & moy ie croy

qu'elle vous aime affez pour
rougir toutes les fois qu'elle
fera furprife de vous voir auprés d'elle. Peut-eftre a-t-elle
écrit ce que vous avez vû
fans autre deffein que de fe
divertir : Elle ne vous l'a pas
laiffé , parce que c'eft une
chofe qui vous auroit efté
inutile , puifque vous ne pouvez l'entendre ; & fi elle vous
a ofté fon bracelet , ie vous
avouë que ie n'en fuis point
furpris ; & qu'encore que ie
fois perfuadé qu'elle vous aime , ie la croy affez fage pour
ne vouloir pas donner de fes
cheveux à un homme qui luy

est entierement inconnu.
Mais ie ne voy pas les raisons
qui vous persuadent, qu'elle
les veut envoyer à quelqu'autre: Nous ne l'avons quasi pas
quittée depuis qu'elle est icy;
personne ne luy a parlé; ceux
mesme qui luy pourroiët parler ne l'entendent pas; comment voudriez-vous qu'elle
eust appris des nouvelles de
cét Amant, qui vous donne
tant de jalousie, & quelle pust
luy faire recevoir des siennes?
Je l'avoüe, répondit Consalve, ie me tourmente plus
que ie ne dois; mais l'incre-
titude où ie suis est un estat

infupportable. Les autres
n'ont que des incertitudes
mediocres ; ils fe croyent
plus ou moins aimez ; &
moy ie paffe de l'efperance
d'eftre aimé de Zayde, à la
penfée qu'elle en aime un
autre ; & ie ne fuis iamais affeuré un moment fi ce que
ie vois en elle me doit rendre heureux, ou miferable.
Alphonfe, reprît-il, vous prenez plaifir à me tromper ;
quoy que vous me puiffiez
dire, ce n'eft qu'à un Amant
à qui elle écrit ; & ie me trouverois heureux , fi i'avois
(fur ce que ie viens de voir)

l'incertitude dont ie me plains comme du plus grand de tous les maux. Alphonse luy dît encore tant de raisons, pour luy persuader, que son inquietude estoit mal fondée, qu'enfin il le rasseura en quelque sorte; & Zayde qu'ils trouverent en allant se promener, acheva de le remettre : Elle les vit de loin, & s'aprocha d'eux avec tant de douceur, & avec des regards si obligeans pour Consalve, qu'elle dissipa une partie des cruelles inquietudes qu'elle luy venoit de donner.

Le temps qu'il avoit mar-
qué à cette belle Etrangere
pour son départ, & qui é-
toit celuy que les grands
vaisseaux partoient de Tarragone pour l'Afrique, commençoit à s'aprocher, & luy
donnoit une tristesse mortelle. Il ne pouvoit se resoudre à se priver luy-mesme
de Zayde ; & quelque injustice qu'il trouvât à la retenir, il faloit toute sa raison,
& toute sa vertu, pour l'en
empescher. Quoy, disoit-il
à Alphonse, ie me priveray
pour iamais de Zayde ; ce
sera un adieu sans esperance
de

de retour : ie ne sçauray
en quel endroit de la terre
la chercher. Elle veut aller en
Affrique , mais elle n'est pas
Affriquaine ; & j'ignore quel
lieu du monde l'a veuë naistre.
Je la suivray , Alphonse ,
continua-t-il ; quoy qu'en la
suivant , ie n'espere plus le
plaisir de la voir ; quoy que ie
sçache que sa vertu , & les
coustumes de l'Affrique , ne
me permettront pas de de-
meurer auprés d'elle , j'iray
au moins finir ma triste vie
dans les lieux qu'elle habitera ,
& ie trouveray de la douceur
à respirer le mesme air : aussi

T

bien ie fuis un mal-heureux qui n'ay plus de patrie ; le hazard m'a retenu icy , & l'amour m'en fera fortir.

Confalve fe confirmoit dans cette refolution , quelque peine que prift Alphonfe de l'en détourner. Il eftoit plus tourmenté que iamais de la peine de ne pouvoir entendre Zayde, & de n'en pouvoir eftre entendu. Il fit reflexion fur la Lettre qu'il luy avoit veu écrire ; & il luy fembla , qu'elle eftoit écrite en caracteres Grecs : Quoy qu'il n'en fuft pas bien affeuré , l'envie de s'en éclaircir luy donna la pen-

fée d'aller à Tarragone pour
trouver quelqu'un qui enten-
dift la Langue Grecque. Il y
avoit defia envoyé plufieurs
fois chercher des Eftrangers,
qui luy pûffent fervir de truchement ; mais comme il ne
fçavoit quelle Langue parloit
Zayde , on ne fçavoit auffi
quels Eftrangers il falloit demander ; & les voyages de
tous ceux qu'il y avoit en-
voyez ayant efté inutiles , il fe
refolut d'y aller luy-mefme.
C'eftoit neantmoins une refolution difficile à prendre ;
car il faloit s'expofer dans une
grande Ville au hazard d'eftre

reconnu , & il faloit quitter
Zayde ; mais l'envie de pouvoir s'expliquer avec elle , le
fift paſſer pardeſſus ces raiſons. Il taſcha de luy faire entendre , qu'il alloit chercher
un truchement, & partit pour
aller à Tarragone : Il ſe dégui-
ſa le mieux qu'il luy fut poſ-
ſible ; il alla dans les lieux où
eſtoient les Eſtrangers ; il en
trouva un grand nombre ;
mais leur Langue n'eſtoit
point celle de Zayde : Enfin ,
il demanda s'il n'y avoit point
quelqu'un qui entendiſt la
Langue Grecque : Celuy à qui
il s'addreſſa luy répondit en

Espagnol , qu'il estoit d'une des Isles de la Grece. Consalve le pria de parler sa Langue ; il le fist , & Consalve connût que c'estoit celle de Zayde. Par bon-heur , les affaires de cét Estranger ne le retenoient pas à Tarragone ; il voulut bien suivre Consalve , qui luy donna une plus grande recompense qu'il n'auroit osé la luy demander. Ils partirent le lendemain à la pointe du jour ; & Consalve s'estimoit plus heureux d'avoir un truchement , que s'il eust eu la Couronne de Leon sur la teste.

Pendant que le chemin du-
ra, il commença à s'inſtruire
de la Langue Grecque ; il ap-
priſt d'abord, *Ie vous ayme* ;
& quand il penſa qu'il pourroit le dire à Zayde, & qu'elle
l'entendroit, il crût qu'il ne
pouvoit plus eſtre mal-heureux. Il arriva de bonne heure
à la maiſon d'Alphonſe ; il le
trouva qui ſe promenoit ; il
luy fiſt part de ſa joye, & luy
demanda où eſtoit Zayde.
Alphonſe luy dît, qu'il y avoit
long-temps qu'elle ſe promenoit du coſté de la mer. Il en
prît le chemin avec ſon truchement ; il alla au rocher où

elle avoit accouſtumé d'eſtre;
il fut ſurpris de ne l'y trouver
pas; neanmoins il ne s'en étonna
point; il l'a chercha juſques
au port, où elle alloit quelquefois; il revint au logis; il retourna dans le bois, ſa peine
fut inutile. Il envoya dans
tous les lieux où il s'imagina
qu'elle pouvoit eſtre; mais
comme on ne l'a trouva point,
il commença à avoir quelque
preſſentiment de ſon mal-
heur. La nuit vint ſans qu'il
en pût apprendre de nouvelles; il eſtoit deſeſperé de l'a-
voir perduë; il craignoit qu'il
ne luy fuſt arrivé quelque ac-

cident ; il fe blâmoit de l'avoir quittée ; enfin, il n'y a point de douleur qui fuft comparable à la fienne. Il paffa toute la nuit dans la campagne avec des flambeaux ; & n'ayant mefme plus d'efperance de la revoir, il ne laiffoit pas de la chercher. Il avoit defia efté plufieurs fois aux cabanes des Pefcheurs, pour fçavoir fi perfonne ne l'avoit veuë ; & il n'avoit pû en apprendre aucune nouvelle. Sur le matin, deux femmes qui revenoient d'un lieu où elles avoient efté coucher le iour d'auparavant, luy apprirent qu'en fortant de

leurs cabanes , elles avoient
veu de loin Zayde & Felime
se promener le long de la mer:
Que pendant qu'elles se promenoient , une chaloupe
avoit abordé la coste ; qu'il
estoit descendu des hommes
de cette chaloupe ; que Zayde & Felime s'estoient éloignées , lors qu'elles les avoient
veus ; mais que ces hommes
les ayant appellées , elles é-
toient revenuës sur leurs pas ;
& qu'apres avoir parlé long-
temps, & avoir fait des actions
qui témoignoient qu'elles é-
toient bien-aises de les voir ,
elles estoient montées dans la

chalouppe, & avoient pris la
plaine mer.

Alors Confalve regarda
Alphonfe d'une maniere, qui
exprimoit mieux fa douleur,
que n'auroient pû faire toutes
fes paroles. Alphonfe ne fçavoit que luy dire pour le con-
foler. Quand tous ceux qui
les environnoient fe furent
retirez, Confalve rompant le
filence, Je perds Zayde, dit-
il, & ie la perds dans le moment que ie pouvois m'en
faire entendre : Ie la perds,
Alphonfe, & c'eft fon A-
mant, qui me l'enleve, il eft
aifé de le juger par le rap-

port de ces femmes : La fortune ne m'a pas voulu laisser ignorer la seule chose, qui me pouvoit augmenter la douleur de perdre Zayde. Je l'ay donc perduë pour jamais, & elle est entre les mains d'un rival, & d'un rival aimé : c'estoit à luy sans doute qu'elle écrivoit cette lettre, que ie surpris ; & c'étoit pour luy apprendre le lieu où il devoit la trouver. C'en est trop, s'écria-t-il tout d'un coup c'en est trop, mes maux suffiroient à faire plusieurs miserables : J'avouë que i'y succombe, & qu'aprés avoir tout abandonné, ie ne puis supporter d'estre plus tourmenté au milieu d'un desert, que ie ne l'ay esté au milieu de la Cour. Oüi, Alphonse, ajoustoit-il, ie suis plus mal-heureux mille fois par la seule perte de Zayde, que ie ne l'ay esté par toutes celles que i'ay faites. Est-il possible que ie ne puisse esperer de revoir Zayde ! si ie sçavois au moins si ie luy ay plû, ou si ie luy ay esté indifferent, mon malheur ne seroit pas si insuportable ; & ie sçaurois à quelle sorte de douleur ie me dois

abandonner. Mais ſi i'ay plû
à Zayde , puiſ-je penſer à
l'oublier ; & ne doiſ-je pas
paſſer ma vie à courir toutes
les parties du monde pour la
trouver. Que ſi elle en aime
un autre , ne doiſ-je pas faire tous mes efforts pour ne
m'en ſouvenir iamais. Al-
phonſe , ayez pitié de moy ;
taſchez de me faire croire
que Zayde m'a aimé , ou per-
ſuadez - moy que ie luy ſuis
indifferent. Quoy , reprenoit-il , ie ſerois aimé de Zayde , & ie ne la verrois iamais ; ce mal-heur paſſeroit
encore celuy d'en eſtre hay.

Mais, non ie ne puis eſtre mal-heureux, ſi Zayde m'a aimé ; Helas ! ie l'allois ſçavoir dans le moment que ie l'ay perduë ; & quelque ſoin qu'elle euſt pris de ſe déguiſer, j'aurois demélé ſes ſentimens ; j'aurois ſçeu la cauſe de ſes larmes ; j'aurois ſçeu ſon pays, ſa fortune, ſes avantures, & ie ſçaurois maintenant ſi ie dois la ſuivre, & où ie dois la chercher.

Alphonſe ne ſçavoit que répondre à Conſalve, par l'impoſſibilité de ſe determiner à ce qu'il luy devoit dire pour calmer ſa douleur. Enfin, apres luy avoir representé que son esprit n'estoit pas en estat de prendre une resolution, & qu'il faloit se servir de sa raison pour supporter son mal-heur, il l'obligea de retourner chez luy. Si-tost que Consalve fust dans sa chambre, il fist appeller son truchement, pour se faire expliquer quelques mots qu'il avoit entendu dire à Zay-de, & qu'il avoit retenus. Le truchement luy en expliqua plusieurs, & entre-autres ceux que Zayde avoit souvent dit à Felime en le regardant. Il les expliqua en sorte, que Consalve fust asseuré qu'il ne s'é-

toit pas trompé, lors qu'il avoit
crû qu'elle parloit d'une reffemblance, & il ne douta plus
alors que ce ne fuft un
Amant de Zayde à qui il reffembloit. Dans cette penfée,
il envoya chercher ces femmes, qui avoient vû partir
cette belle Eftrangere, pour
fçavoir d'elles, fi parmy ces
hommes qui l'avoient em-
menée, il n'y avoit point
quelqu'un qui luy reffem-
blât. Sa curiofité ne put eftre
fatisfaite : ces femmes les
avoient veûs de trop loin
pour remarquer cette reffemblance ; & elles luy dirent
　　　　　　　　　　feule-

ment, qu'il y en avoit un que
Zayde avoit embrassé. Consalve ne pût entendre ces paroles sans s'abandonner au desespoir , & sans prendre le
dessein d'aller chercher Zayde pour tuer son Amant à
ses yeux. Alphonse luy
representa qu'il y auroit de
l'injustice , & de l'impossibilité dans ce dessein ; qu'il
n'avoit point de droit sur
Zayde ; qu'elle estoit engagée avec cét Amant de-
vant que de l'avoir veu; que
c'estoit peut-estre son mary ;
qu'il ne sçavoit en quel lieu
du monde la chercher ; que

V

quand il l'auroit trouvé, ce
feroit apparemment dans un
païs , où ce rival auroit tant
d'authorité , qu'il ne pourroit
executer ce que la colere luy
conseilloit	d'entreprendre.
Que voulez - vous donc
que ie devienne , repliqua
Consalve , & croyez - vous
qu'il me soit possible de demeurer en l'estat où ie suis ?
Je voudrois , dit Alphonse ,
que vous supportassiez ce
mal-heur , qui ne regarde
que l'amour , comme vous
avez desia supporté ceux
qui regardoient & l'amour &
la fortune. C'est pour avoir

trop souffert, que ie ne puis
plus souffrir, répondit Consalve; ie veux aller chercher
Zayde, la revoir, sçavoir
d'elle qu'elle en aime un autre, & mourir à ses pieds.
Mais non, reprit-il, ie serois
digne de mon mal-heur, si
j'allois chercher Zayde aprés
la maniere dont elle m'a quitté. Le respect, & l'ado-
ration que i'ay eus pour
elle, l'engageoient à me faire dire au moins qu'elle s'en
alloit. La seule reconnoissance l'y devoit obliger; & puis
qu'elle ne l'a pas fait, il faut qu'-
elle ioigne le mépris à l'in-

difference. Je me suis trop flatté, quand j'ay pû m'imaginer qu'elle ne me haïſſoit pas; ie ne dois iamais penſer à la ſuivre ny à la chercher. Non, Zayde, ie ne vous ſuivray point. Alphonſe, ie me rends à vos raiſons; & ie voy bien que ie ne dois pretendre, qu'à finir le plutoſt que ie pourray, le reſte d'une miſerable vie.

Conſalve parut déterminé à cette reſolution, & ſon eſprit en fut plus calme: Il eſtoit neantmoins dans une triſteſſe, qui faiſoit pitié; il paſſoit les journées entieres

dans les lieux où il avoit veu
Zayde, il &sembloit l'uy chercher encore, Il garda son
truchement pour apprendre
la Langue Grecque ; & quoy
qu'i fut persuadé qu'il ne verroit iamais Zayde, il t ouvoit
quelque douceur à s'asseurer
au moins , qu'il l'a pourroit
entendre s'il l'a revoyoit. Il
apprist en peu de temps ce
que les autres n'apprennent
qu'en plusieurs années. Mais
lors qu'il n'eut plus cette occupation , qui avoit quelque
rapport avec Zayde, il se trouva encore plus affligé qu'auparavant.

Il faiſoit ſouvent reflexion
ſur la cruauté de ſa deſtinée,
qui aprés l'avoir accablé à
Leon de tant de mal-heurs,
luy en faiſoit encore éprou-
ver un incomparablement
plus ſenſible, en le privant
d'une perſonne, qui ſeule
luy eſtoit plus chere que la
Fortune, l'Amy, & la Maî-
treſſe qu'il avoit perdus. En
faiſant cette triſte difference
de ſes mal-heurs paſſez à ſon
mal-heur preſent, il ſe ſou-
vint de la promeſſe qu'il avoit
faite à Dom Olmond, de luy
donner de ſes nouvelles : &
quelque peine qu'il euſt à

penser à autre chose qu'à Zayde, il jugea qu'il devoit cette
marque de reconnoissance à
un homme, qui luy avoit témoigné tant d'amitié. Il ne
voulut pas luy apprendre
precisémentle lieu où il estoit;
il luy manda seulement, qu'il
le prioit de luy écrire à Tarragone, que sa retraitte n'en
estoit pas éloignée ; qu'il s'y
trouvoit sans ambition , qu'il
n'avoit plus deressentiment
contre Dom Garcie , de haine pour Dom Ramire , ny
d'amour pour Nugna Bella :
que cependant il estoit encore plus mal-heureux , que

lors qu'il partît de Leon.

Alphonfe eftoit fenfible-
ment touché de l'eftat où il
voyoit Confalve ; il ne l'abandonnoit point, & tâchoit
autant qu'il luy eftoit poffible de diminuer fon affliction.
Vous avez perdu Zayde,
luy difoit-il, un iour ; mais
vous n'avez pas contribué à
la perdre ; & quelque mal-
heureux que vous foyez, il y
a du moins une forte de mal-
heur, que voftre deftinée
vous laiffe ignorer. Eftre la
caufe de fon infortune, eft ce
malheur qui vous eft inconnu ; & c'eft celuy qui fera

eternellement mon supplice.
Si vous trouvez quelque consolation, continua-t-il, d'a-
prendre par mon exemple,
que vous pourriez estre plus
infortuné que vous ne l'estes;
ie veux bien vous raconter les
accidens de ma vie, quelque
douleur que me puisse donner un si triste souvenir. Consalve ne pût s'empécher de
luy laisser voir tant de desir
de sçavoir ce qui l'avoit obligé à se confiner dans un desert, qu'Alphonse pour satisfaire sa curiosité, &
pour luy faire connoistre
qu'il estoit plus mal-heu-

reux que luy , commença
ainſi l'Hiſtoire de ſes déplai-
ſirs.

HISTOIRE
D'ALPHONSE
ET DE
BELASIRE.

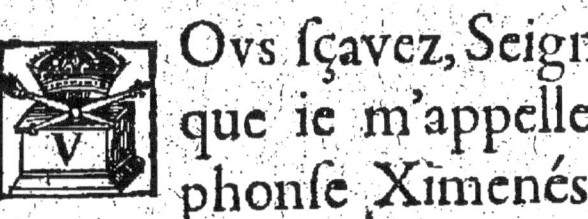

Ovs sçavez, Seigneur, que ie m'appelle Alphonse Ximenés ; & que ma maison a quelque lustre dans l'Espagne , pour être descenduë des premiers Rois de Navarre. Comme ie n'ay dessein que de vous conter l'Histoire de mes derniers

mal-heurs, ie ne vous feray
pas celle de toute ma vie :
Il y a neantmoins des chofes
affez remarquables ; mais
comme iufques au temps
dont ie vous veux parler, ie
n'avois efté mal-heureux que
par la faute des autres, &
non pas par la mienne, ie ne
vous en diray rien, & vous
fçaurez feulement que i'avois
éprouvé tout ce que l'infidelité & l'inconftance des femmes peuvent faire fouffrir
de plus douloureux. Auffi
eftoif-ie tres-éloigné d'en
vouloir aimer aucune : les at-
tachemens me paroiffoient

des supplices : & quoy qu'il
y euft plufieurs belles perfonnes dans la Cour, dont ie pouvois eftre aimé , ie n'avois
pour elles que les fentimens
de refpect , qui font deûs à
leur fexe. Mon Pere qui vivoit encore, efouhaittoit de me
marier , par cette chimere fi
ordinaire à tous les hommes
de vouloir conferver leur
nom. Je n'avois pas de repugnance au mariage ; mais
la connoiffance que i'avois
des femmes , m'avoit fait
prendre la refolution de n'en
époufer iamais de belles : &
apres avoir tant fouffert par

la jalousie, ie ne voulois pas
me mettre au hazard d'avoir
tout ensemble celle d'un a-
mant & celle d'un mary.
J'estois dans ces dispositions,
lors qu'un iour mon Pere me
dit, que Belasire fille du Comte de Guevarre, estoit arrivée
à la Cour: que c'estoit un party considerable, & par son
bien & par sa naissance, &
qu'il eust fort souhaitté de l'a-
voir pour belle - fille. Je luy
répondis, qu'il faisoit un sou-
hait inutile ; que i'avois desia
oüi parler de Belasire, & que
ie sçavois que personne n'a-
voit encore pû luy plaire.

Que ie sçavois aussi , qu'elle estoit belle , & que c'estoit assez pour m'oster la pensée de l'épouser. Il me demanda si ie l'avois veuë ; ie luy répondis , que toutes les fois qu'elle estoit venuë à la Cour, ie m'estois trouvé à l'armée, & que ie ne la connoissois que de reputation. Voyez-là, ie vous en prie, repliqua-t-il, & si i'estois aussi asseuré que vous luy puissiez plaire , que ie suis persuadé qu'elle vous fera changer la resolution de n'épouser iamais une belle femme , ie ne douterois pas de vostre mariage. Quelques

iours apres ie trouvay Belafire chez la Reine; ie luy demanday fon nom, me dou-
tant bien que c'eſtoit elle; &
elle me demanda le mien,
croyant bien auſſi que i'eſtois
Alphonſe. Nous devinaſmes
l'un & l'autre ce que nous
avions demandé; nous nous
le diſmes; & nous parlâmes
enſemble avec un air plus libre, qu'apparemment nous ne
le devions avoir dans une premiere converſation. Je trouvay la perſonne de Belaſire
tres-charmante, & fon eſprit
beaucoup au deſſus de ce que
j'en avois penſé. Je luy dis
que

que j'avois de la honte de ne
la connoiſtre pas encore ; que
neantmoins ie ſerois bien-aiſe de ne la pas connoiſtre davantage ; que ie n'ignorois
pas combien il eſtoit inutile
de ſonger à luy plaire, &
combien il eſtoit difficile de
ſe guarantir de le deſirer. I'a-
joûtay que quelque difficulté qu'il y euſt à toucher ſon
cœur , ie ne pourrois m'empécher d'en former le deſſein , ſi elle ceſſoit d'eſtre
belle : mais que tant qu'elle
ſeroit comme ie la voyois, ie
n'y penſerois de ma vie. Que
ie la ſuppliois meſme de m'aſ-

X

seurer, qu'il estoit impossible de se faire aimer d'elle ; de
peur qu'une fausse esperance ne me fist changer la resolution que i'avois prise de
ne m'attacher iamais à une
belle femme. Cette conversation qui avoit quelque chose d'extraordinaire, plut à Belasire ; elle parla demoyassez fa-
vorablement ; & ie parlay d'elle, comme d'une personne en
qui ie trouvois un merite, &
un agréement au dessus des autres femmes. Ie m'enquis a-
vec plus de soin que ie n'avois
fait, qui étoient ceux qui s'é-
toient attachez à elle : On

me dît que le Comte de Lare l'avoit passionnément aimée; que cette passion avoit
duré long-temps; qu'il avoit
esté tué à l'armée ; & qu'il
s'estoit précipité dans le peril, apres avoir perdu l'esperance de l'épouser. On me
dît aussi , que plusieurs autres personnes avoient essayé
de luy plaire ; mais inutilement ; & que l'on n'y pen-
soit plus, parce qu'on croyoit
impossible d'y reüssir. Cette
impossibilité dont on me parloit, me fit imaginer quelque
plaisir à la surmonter : Ie n'en
fis pas neantmoins le dessein;

mais ie vis Belafire le plus
fouvent qu'il me fut pof-
fible ; & comme la Cour
de Navarre n'eft pas fi auftere que celle de Leon, ie trouvois aifément les occafions de
la voir. Il n'y avoit pourtant
rien de ferieux entre elle &
moy ; je luy parlois en riant
de l'éloignement où nous
eftions l'un pour l'autre , &
de la joye que j'aurois qu'elle
changeaft de vifage & de fentimens. Il me parût que ma
converfation ne luy déplaifoit
pas , & que mon efprit luy
plaifoit , parce qu'elle trouvoit que ie connoiffois tout

le fien. Comme elle avoit
mefme pour moy une con-
fiance, qui me donnoit une
entiere liberté de luy parler,
ie la priay de me dire les raifons qu'elle avoit euës de
refufer fi opiniâtrément ceux
qui s'eftoient attachez à luy
plaire. Je vay vous répondre fincerement, me dit-
elle ; ie fuis née avec averfion
pour le mariage ; les liens
m'en ont toûjours paru tres-
rudes ; & i'ay crû qu'il n'y
avoit qu'une paffion qui pût
affez aveugler, pour faire
paffer pardeffus toutes les raifons qui s'oppofent à cét en-

gagement. Vous ne voulez
pas vous marier par amour,
ajoûta-t-elle ; & moy ie ne
comprens pas qu'on puiſſe ſe
marier ſans amour , & ſans
une amour violente ; & bien
loin d'avoir eu de la paſſion,
ie n'ay meſme iamais eu d'inclination pour perſonne :
Ainſi, Alphonſe, ſi ie ne me
ſuis point mariée, c'eſt parce que ie n'ay rien aimé.
Quoy, Madame, luy répon-
diſ-je , perſonne ne vous a
plû ? voſtre cœur n'a iamais
receu d'impreſſion ? il n'a jamais eſté troublé au nom &
à la veuë de ceux qui vous

adoroient ? Non, me dit-elle,
ie ne connois aucun des fentimens de l'amour. Quoy
pas mefme la jaloufie, luy
dif-je? non pas mefme la jaloufie, me repliqua-t-elle.
Ah ! fi cela eft, Madame,
luy répondif je, ie fuis perfuadé que vous n'avez ja-
mais eu d'inclination pour
perfonne. Il eft vray, reprit-
elle, perfonne ne m'a iamais
plû; & ie n'ay pas mefme
trouvé d'efprit qui me fuft
agreable, & qui euft du rapport avec le mien. Je ne
fçay quel effet me firent les
paroles de Belafire ; ie ne fçay

si i'en estois desia amoureux
sans le sçavoir ; mais l'idée
d'un cœur fait comme le
sien, qui n'eust iamais receu
d'impression , me parut une
chose si admirable & si nouvelle, que ie fus frappé dans
ce moment du desir de luy
plaire , & d'avoir la gloire
de toucher ce cœur, que tout
le monde croyoit insensible.
Je ne fus plus cét homme,
qui avoit commencé à par-
ler sans dessein ; ie repassay
dans mon esprit tout ce qu'-
elle me venoit de dire ; ie
crus que lors qu'elle m'avoit
dit , qu'elle n'avoit trouvé

personne qui luy euſt plû,
j'avois veu dans ſes yeux
qu'elle m'en avoit excepté;en-
fin j'eus aſſez d'eſperance pour
achever de me donner de l'a-
mour : & dés ce moment,
ie devins plus amoureux de
Belaſire , que ie ne l'avois
jamais eſté d'aucune autre.
Je ne vous rediray point,
comme i'oſay luy declarer que
ie l'aimois : l'avois commencé à luy parler par une eſpece
de raillerie , il eſtoit difficile
de luy parler ſerieuſement :
mais auſſi cette raillerie me
donna bien-toſt lieu de luy
dire des choſes, que ie n'au-

rois ofé luy dire de long-
temps. Ainfi j'aimay Belafire, & ie fus affez heureux
pour toucher fon inclination;
mais ie ne le fus pas affez
pour luy perfuader mon a-
mour. Elle avoit une défiance naturelle de tous les hommes : quoy qu'elle m'eftimât
beaucoup plus que tous ceux
qu'elle avoit iamais veus, &
par confequent plus que ie
ne meritois, elle n'ajoûtoit
pas de foy à mes paroles. Elle
eut neantmoins un procedé
avec moy tout different de
celuy des autres femmes ; &
j'y trouvay quelque chofe de

fi noble & de fi fincere, que j'en fus furpris. Elle ne demeura pas long-temps fans m'avoüer l'inclination qu'elle avoit pour moy ; elle m'apprît en fuite le progrez que ie faifois dans fon cœur ; mais comme elle ne me cachoit point ce qui m'eftoit avantageux, elle m'apprenoit auffi ce qui ne m'eftoit pas favorable. Elle me dit, qu'elle ne croyoit pas que ie l'aimaffe veritablement ; & que tant qu'elle ne feroit pas mieux perfuadée de mon amour, elle ne confentiroit iamais à m'époufer. Ie ne vous fçaurois expri-

mer la ioye que ie trouvois à
toucher ce cœur qui n'avoit
iamais esté touché, & à voir
l'embarras & le trouble qu'y
apportoit une passion, qui luy
estoit inconnuë. Quel charme
c'estoit pour moy de connoître l'étonnement qu'avoit Belasire, de n'estre plus maistresse d'elle-mesme, & de se trouver des sentimens surquoy elle n'avoit point de pouvoir. Ie
goustay des delices dans ces
commencemens, que ie n'a-
vois pas imaginez ; & qui n'a
point senty le plaisir de donner une violente passion à une
personne qui n'en a iamais eu

mesme de mediocre, peut dire qu'il ignore les veritables plaisirs de l'amour. Si j'eus de sensibles joyes par la connoissance de l'inclination que Belasire avoit pour moy, j'eus aussi de cruels chagrins par le doute où elle estoit de ma passion, & par l'impossibilité qui me paroissoit à l'en persuader. Lors que cette pensée me donnoit de l'inquietude, ie rappellois les sentimens que i'avois eus sur le mariage ; ie trouvois que j'allois tomber dans les mal-heurs que i'avois tant apprehendez ; ie pensois que i'aurois la douleur de ne

pouvoir affeurer Belafire de
l'amour que i'avois pour elle,
ou que fi ie l'en affeurois, &
qu'elle m'aimaft veritablement, ie ferois expofé au mal-
heur de ceffer d'eftre aimé. Ie
me difois que le mariage dimi-
nuëroit l'attachement qu'elle
avoit pour moy ; qu'elle ne
m'aimeroit plus que par devoir ; qu'elle en aimeroit peut-
eftre quelqu'autre : enfin , ie
me reprefentois tellement
l'horreur d'en eftre ialoux, que
quelque eftime & quelque
paffion que i'euffe pour elle ,
ie me refolvois quafi d'abandonner l'entreprife que i'avois

faite ; & ie preferois le malheur de vivre sans Belasire, à celuy de vivre avec elle sans en estre aimé. Belasire avoit à peu prés des incertitudes pareilles aux miennes ; elle ne me cachoit point ses sentimens, non plus que ie ne luy cachois pas les miens. Nous parlions des raisons que nous avions de ne nous point engager : Nous resolusmes plusieurs fois de rompre nostre attachement : nous nous dismes adieu, dans la pensée d'executer nos resolutions ; mais nos adieux estoient si tendres, & nostre inclination si

forte, qu'aussi-tost que nous
nous estions quittez, nous ne
pensions plus qu'à nous revoir. Enfin , aprés bien des
irresolutions de part & d'autre , ie surmontay les doutes
de Belasire ; elle rasseura tous
les miens ; elle me promit
qu'elle consentiroit à nostre
mariage , si-tost que ceux
dont nous dépendions au-
roient reglé ce qui estoit necessaire pour l'achever. Son
Pere fut obligé de partir devant que de le pouvoir conclure : le Roy l'envoya sur la
frontiere signer un traité avec
les Maures ; & nous fusmes
con-

contraints d'attendre son retour. I'estois cependant le
plus heureux homme du
monde; ie n'estois occupé que
de l'amour que i'avois pour
Belasire; j'en estois passionnément aimé; ie l'estimois plus
que toutes les femmes du
monde, & ie me croyois sur
le point de la posseder.

Je la voyois avec toute la
liberté que devoit avoir un
homme, qui l'alloit bien-tost
époufer. Un iour mon mal-
heur fist que ie la priay de
me dire tout ce que ces A-
mans avoient fait pour elle.
Ie prenois plaisir à voir la dif-

Y

ference du procedé, qu'elle a-
voit eu avec eux, d'avec celuy qu'elle avoit avec moy.
Elle me nomma tous ceux
qui l'avoient aimée ; elle me
conta tout ce qu'ils avoient
fait pour luy plaire ; elle me
dit que ceux qui avoient eu
plus de perseverance estoient
ceux dont elle avoit eu plus
d'éloignement ; & que le
Comte de Lare qui l'avoit
aimé jusques à sa mort ne
luy avoit iamais plû. Ie ne
sçay pourquoy, aprés ce qu'-
elle me disoit, j'eus plus de
curiosité pource qui regardoit le Comte de Lare, que

pour les autres : Cette longue perseverance me frappa
l'esprit ; ie la priay de me redire encore tout ce qui s'é-
toit passé entre-eux ; elle le
fit ; & quoy qu'elle ne me dit
rien, qui me deust déplaire,
ie fus touché d'une espece de
ialousie. Ie trouvay, que si
elle ne luy avoit témoigné de
l'inclination, qu'au moins luy
avoit-elle témoigné beaucoup
d'estime. Le soupçon m'entra
dans l'esprit qu'elle ne me disoit pas tous les sentimens
qu'elle avoit eus pour luy. Ie
ne voulus point luy témoigner ce que ie pensois ; ie me

retiray chez moy plus chagrin
que de coûtume ; ie dormis
peu, & ie n'eus point de repos,
que ie ne la visse le lendemain,
& que ie ne luy fisse encore raconter tout ce qu'elle m'avoit
dit le iour precedent. Il é-
toit impossible qu'elle m'eust
conté d'abord toutes les cir-
constances d'une passion, qui
avoit duré plusieurs années;
elle me dit des choses, qu'elle ne m'avoit point encore
dittes ; ie crûs qu'elle avoit
eu dessein de me les cacher:
Ie luy fis mille questions, & ie
luy demandois à genoux de
me répondre avec sincerité.

Mais quand ce qu'elle me ré-
pondoit estoit comme ie le
pouvois desirer ; ie croyois
qu'elle ne me parloit ainsi que
pour me plaire : Si elle me disoit des choses un peu avanta-
geuses pour le Comte de Lare,
ie croyois qu'elle m'en cachoit
bien d'avantage : enfin la jalousie avec toutes les horreurs
dont on la represente se saisit
de mon esprit. Ie ne luy donnois plus de repos ; ie ne pouvois plus luy témoigner ny
passion ny tendresse ; j'estois
incapable de luy parler que du
Comte de Lare ; j'estois pourtant au desespoir de l'en faire

souvenir, & de remettre dans sa memoire tout ce qu'il avoit fait pour elle. Ie resolvois de ne luy en plus parler ; mais ie trouvois tousiours que j'avois oublié de me faire expliquer quelque circonstance ; & sitost que j'avois commencé ce discours, c'estoit pour moy un labyrinte, ie n'en sortois plus : & j'estois également desesperé de luy parler du Comte de Lare, ou de ne luy en parler pas.

Ie passois les nuicts entieres sans dormir ; Belasire ne me paroissoit plus la mesme personne. Quoy, disois-ie, c'est

ce qui a fait le charme de ma
paffion, que de croire que Belafire n'a iamais rien aimé, &
qu'elle n'a iamais eu d'inclination pour perfonne ; cependant par tout ce qu'elle me
dit elle-mefme, il faut qu'elle
n'ait pas eu d'averfion pour le
Comte de Lare. Elle luy a témoigné trop d'eftime ; & elle
l'a traité avec trop de civilité :
fi elle ne l'avoit point aimé, elle
l'auroit hay par la longue per-
fecution qu'il luy a faite, &
qu'il luy a fait faire par fes parens. Non, difois-ie, Belafire,
vous m'avez trompé ; vous
n'eftiez point telle que ie vous

ay cruë ; c'eftoit comme une
perfonne , qui n'avoit iamais
rien aimé, que ie vous ay ado-
rée ; c'eftoit le fondement de
ma paffion ; ie ne le trouve
plus ; il eft jufte que ie repren-
ne tout l'amour que j'ay euë
pour vous. Mais fi elle me dit
vray , reprenois-je, quelle in-
iuftice ne luy fais-ie point ? &
quel mal ne me fais-ie point à
moy-mefme de m'ofter tout
le plaifir que ie trouvois a eftre
aimé d'elle.

Dans ces fentimens ie prenois la refolution de parler
encore une fois à Belafire ; il
me fembloit que ie luy dirois

mieux que ie n'avois fait, ce
qui me donnoit de la peine ; &
que ie m'éclaircirois avec elle
d'une maniere, qui ne me laif-
feroit plus de foupçon. Je faifois ce que i'avois refolu ; ie
luy parlois, mais ce n'eſtoit pas
pour la derniere fois ; & le lendemain ie reprenois le mefme
difcours avec plus de chaleur
que le iour precedent. Enfin
Belafire qui avoit eu iufques
alors une patience, & une
douceur admirable, qui avoit
fouffert tous mes foupçons,
& qui avoit travaillé à me les
ofter, commença à fe laffer de
la continuation d'une ialoufie

ſi violente & ſi mal fondée.

Alphonſe, me dît-elle un
iour, ie voy bien que le caprice que vous avez dans l'eſprit,
va détruire la paſſion que vous
aviez pour moy ; mais il faut
que vous ſçachiez auſſi, qu'elle détruira infailliblement celle que i'ay pour vous. Conſi-
derez, ie vous en conjure, ſur-
quoy vous vous tourmentez
vous-meſme, ſur un homme
mort, que vous ne ſçauriez
croire que i'aye aimé, puiſque
ie ne l'ay pas épouſé : car ſi ie
l'avois aimé, mes parens vouloient noſtre mariage, & rien
ne s'y oppoſoit. Il eſt vray,

Madame, luy répondis-je, ie
suis ialoux d'un mort, & c'est
ce qui me desespere : si le
Comte de Lare estoit vivant,
ie jugerois par la maniere dont
vous seriez ensemble, de celle
dont vous y auriez esté ; & ce
que vous faites pour moy me
convaincroit, que vous ne
l'aimeriez pas. J'aurois le plaisir en vous épousant, de luy
oster l'esperance que vous luy
aviez donnée, quoy que vous
me puissiez dire : mais il est
mort, & il est peut-estre mort
persuadé que vous l'auriez aimé s'il avoit vécu : Ah ! Madame, ie ne sçaurois estre heu-

reux, toutes les fois que ie
penseray qu'un autre que
moy a pû se flatter d'estre aimé de vous. Mais Alphon-
se, me dit-elle encore, si
ie l'avois aimé, pourquoy
ne l'aurois-je pas épousé ?
Parce que vous ne l'avez pas
assez aimé, Madame, luy repliquay-je ; & que la repugnance que vous aviez au mariage ne pouvoit estre sur-
montée par une inclination
mediocre. Je sçay bien que
vous m'aimez davantage, que
vous n'avez aimé le Comte
de Lare ; mais pour peu que
vous l'ayez aimé, tout mon

bon-heur eſt détruit ; ie ne
ſuis plus le ſeul homme qui
vous ait plû ; ie ne ſuis plus
le premier qui vous ait
fait connoiſtre l'amour ; vô-
tre cœur a eſté touché par
d'autres ſentimens, que ceux
que ie luy ay donnez. Enfin,
Madame, ce n'eſt plus ce qui
m'avoit rendu le plus heureux homme du monde ; &
vous ne me paroiſſez plus du
meſme prix dont ie vous ay
trouvée d'abord. Mais Al-
phonſe, me dit-elle, com-
ment avez vous pû vivre en
repos, avec celles que vous
avez aymées ? Je voudrois

bien fçavoir fi vous avez trouvée en elles un cœur qui n'euft iamais fenty de paffion. Je ne l'y cherchois pas, Madame, luy repliquay-je; & ie n'avois pas efperé de l'y trouver : Ie ne les avois point regardées comme des perfonnes incapables d'en aimer d'autres que moy ; ie m'étois contenté de croire qu'elles m'aymoient beaucoup plus, que tout ce qu'elles avoient aimé : Mais pour vous, Madame, ce n'eft pas de mefme ; ie vous ay tofiours regardée, comme une perfonne au deffus de l'amour, & qui ne l'au-

roit iamais connu sans moy;
ie me suis trouvé heureux &
glorieux tout ensemble , d'a-
voir pû faire une conqueste
si extraordinaire : Par pitié ne
me laissez plus dans l'incertitude où ie suis ; si vous m'a-
vez caché quelque chose sur
le Comte de Lare, advoüez-le
moy ; le merite de l'aveu , &
voftre sincerité me consolé-
ront peut-estre de ce que vous
m'avoürez : Eclaircissez mes
soupçons , & ne me laissez pas
vous donner un plus grand
prix que ie ne dois , ou moindre que vous ne meritez. Si
vous n'aviez point perdu la

raiſon, me diſt Belaſire, vous
verriez bien , que puiſque ie
ne vous ay pas perſuadé ie ne
vous perſuaderay pas : Mais ſi
ie pouvois ajouſter quelque
choſe à ce que ie vous ay deſia
dit, ce ſeroit qu'une marque
infaillible que ie n'ay pas eu
d'inclination pour le Comte
de Lare, eſt de vous en aſſeurer comme ie fais : ſi ie l'avois
aimé, il n'y auroit rien qui puſt
me le faire deſavoüer ; ie croirois faire un crime de renoncer à des ſentimens, que i'aurois eu pour un homme mort
qui les auroit meritez : Ainſi
Alphonſe , ſoyez aſſeuré ,
que

que ie n'en ay point eu , qui
vous puiſſe déplaire. Perſua-
dez-le moy donc , Madame,
m'écriay-je; dittes-le moy mille fois de ſuitte ; écrivez-le
moy ; enfin redonnez-moy le
plaiſir de vous aimer comme
ie faiſois ; & ſur tout pardon-
nez-moy le tourment que ie
vous donne. Je me fais plus de
mal qu'à vous , & ſi l'eſtat où
ie ſuis ſe pouvoit rachepter ,
ie le rachepterois par la perte
de ma vie.

Ces dernieres paroles firent
de l'impreſſion ſur Belaſire;
elle vid bien , qu'en effet ie
n'eſtois pas le maiſtre de mes

Z

sentimens; elle me promit d'é-
crire tout ce qu'elle avoit pensé, & tout ce qu'elle avoit fait
pour le Comte de Lare : Et
quoy que ce fussent des choses
qu'elle m'avoit desia dites mille fois, j'eus du plaisir de m'i-
maginer que ie les verrois écrites de sa main. Le iour suivant
elle m'envoya ce qu'elle m'a-
voit promis, j'y trouvay une
narration fort exacte de ce
que le Comte de Lare avoit
fait pour luy plaire, & de tout
ce qu'elle avoit fait pour le
guerir de sa passion, avec toutes les raisons qui pouvoient
me persuader, que ce qu'elle

me disoit estoit veritable. Cette narration estoit faite d'une
maniere qui devoit me guerir
de tous mes caprices ; mais elle fist un effet contraire. Je
commençay par estre en colere contre moy-mesme, d'a-
voir obligé Belasire a em-
ployer tant de temps à penser
au Comte de Lare : Les endroits de son recit où elle entroit dans le détail, m'estoient
insupportables ; ie trouvois
qu'elle avoit bien de la memoire pour les actions d'un
homme qui luy avoit esté indifferent ; ceux qu'elle avoit
passez legerement me persua-

doient qu'il y avoit des choses
qu'elle ne m'avoit ofé dire :
enfin ie fis du poifon de tout,
& ie vins voir Belafire plus defefperé & plus en colere que
ie ne l'avois iamais efté. Elle,
qui fçavoit combien j'avois fujet d'eftre fatisfait, fut offen-
fée de me voir fi iniufte ; elle
me le fift connoiftre avec plus
de force qu'elle ne l'avoit
encore fait ; ie m'excufay le
mieux que ie pûs, tout en colere que i'eftois : Je voyois bien
que i'avois tort ; mais il ne dé-
pendoit pas de moy d'eftre raifonnable. Je luy dis que ma
grande delicateffe, fur les fen-

timens qu'elle avoit eus pour
le Comte de Lare, estoit une
marque de la passion & de l'e-
stime que i'avois pour elle : &
que ce n'estoit que par le prix
infiny que ie donnois à son
cœur, que ie craignois si fort
qu'un autre n'en eust touché
la moindre partie : enfin ie
dis tout ce que ie pûs m'imaginer pour rendre ma ialousie
plus excusable. Belasire n'ap-
prouva point mes raisons. Elle
me dist que de legers chagrins
pouvoient estre produits par
ce que ie luy venois de dire ;
mais qu'un caprice si long ne
pouvoit venir que du défaut

& du dereglement de mon humeur : que ie luy faiſois peur pour la ſuitte de ſa vie : & que ſi ie continuois elle ſeroit obligée de changer de ſentimens. Ces menaces me firent trembler; ie me jettay à ſes genoux ; ie l'aſſeuray , que ie ne luy parlerois plus de mon chagrin ; & ie crûs moy-meſme en pouvoir eſtre le maiſtre: mais ce ne fut que pour quelques iours. Ie recommençay bien-toſt à la tourmenter; ie luy redemanday ſouvent pardon; mais ſouvent auſſi ie luy fis voir que ie croyois toûjours qu'elle avoit aimé le

Comte de Lare ; & que cette
pensée me rendroit eternellement mal-heureux.

Il y avoit desia long-temps
que j'avois fait une amitié
particuliere avec un homme
de qualité appellé Dom Manrique : C'estoit un des hommes du monde qui avoit autant de merite & d'agrée-
ment : la liaison qui estoit entre nous, en avoit fait une
tres-grande entre Belasire &
luy : Leur amitié ne m'avoit
jamais déplu ; au contraire,
j'avois pris plaisir à l'augmenter. Il s'estoit apperçeu plu-
sieursfois du chagrin que i'a-

vois depuis quelque temps ;
quoy que ie n'euſſe rien de
caché pour luy., la honte de
mon caprice m'avoit empé-
ché de le luy avoüer. Il vint
chez Belaſire un iour que i'é-
tois encore plus déraiſonna-
ble que ie n'avois accouſtumé, & qu'elle eſtoit auſſi plus
laſſe qu'à l'ordinaire de ma
jalouſie. Dom Manrique connut à l'alteration de nos viſa-
ges, que nous avions quelque demélé. I'avois toûjours
prié Belaſire de ne luy point
parler de ma foibleſſe ; ie luy
fis encore la meſme priere
quand il entra ; mais elle vou-

lut m'en faire honte ; & sans me donner le loisir de m'y opposer, elle dit à Dom Manrique ce qui faisoit mon chagrin. Il en parut si estonné; il le trouva si mal fondé ; & il m'en fit tant de reproches , qu'il acheva de troubler ma raison. Iugez, Seigneur , si elle fut troublée ; & quelle disposition i'avois à la ialousie. Il me parut, que de la maniere , dont m'avoit condamné Dom Manrique , il falloit qu'il fust prevenu pour Belasire. Ie voyois bien que ie passois les bornes de la raison; mais ie ne croyois pas aussi

qu'on me duſt condamner entierement à moins que d'eſtre
amoureux de Belaſire. Ie m'i-
maginay alors que Dom Manrique l'eſtoit il y avoit deſia
long-temps, & que ie luy paroiſſois ſi heureux d'en eſtre
aimé, qu'il ne trouvoit pas
que ie me deuſſe plaindre,
quand elle en auroit aimé un
autre. Ie crûs meſme que Belaſire s'eſtoit bien apperceuë,
que Dom Manrique avoit
pour elle plus que de l'amitié;
ie penſay qu'elle eſtoit bien-
aiſe d'eſtre aimée (comme le
font d'ordinaire toutes les
femmes) & ſans la ſoupçonner

de me faire une infidelité, ie
fus jaloux de l'amitié qu'elle
avoit pour un homme, qu'elle
croyoit ſon Amant. Belaſire
& Dom Manrique, qui me
voyoient ſi troublé, & ſi agi-
té, eſtoient bien éloignez de
iuger ce qui cauſoit le deſordre de mon eſprit. Ils taſche-
rent de me remettre par toutes
les raiſons dont ils pouvoient
s'adviſer ; mais tout ce qu'ils
me diſoient achevoit de me
troubler & de m'aigrir. Ie les
quittay, & quand ie fus ſeul
ie me repreſentay le nouveau
mal-heur que ie croyois avoir
infiniment au deſſus de celuy

que i'avois eu. Ie connus alors,
que i'avois esté déraisonnable
de craindre un homme qui ne
me pouvoit plus faire de mal.
Ie trouvay que Dom Manri-
que m'estoit redoutable en
toutes façons. Il estoit aimable ; Belasire avoit beaucoup
d'estime & d'amitié pour luy;
elle estoit accoustumée à le
voir ; elle estoit lasse de mes
chagrins & de mes caprices ;
il me sembloit qu'elle cherchoit à s'en consoler avec luy ;
& qu'insensiblement elle luy
donneroit la place que j'occu-
pois dãs son cœur ; enfin ie fus
plus ialoux deDomManrique,

que ie ne l'avois esté du Comte de Lare. Ie sçavois bien,
qu'il estoit amoureux d'une
autre personne il y avoit long-
temps ; mais cette personne
estoit si inferieure en toutes
choses à Belasire, que cét a-
mour ne me rasseuroit pas.
Comme ma destinée vouloit,
que ie ne peusse m'abandonner entierement à mon caprice, & qu'il me restast toûjours assez de raison pour me
laisser dans l'incertitude, ie ne
fus pas si iniuste, que de croire que Dom Manrique tra-
vaillast à m'oster Belasire. Ie
m'imaginay qu'il en estoit de-

venu amoureux, sans s'en
estre apperceu, & sans le vouloir; ie pensay qu'il essayoit de
combattre sa passion à cause
de nostre amitié ; & qu'encore qu'il n'en dit rien à Belasire,
il luy laissoit voir qu'il l'aimoit sans esperance. Il me
parut, que ie n'avois pas suiet
de me plaindre de Dom Manrique, puisque ie croyois
que ma consideration l'avoit
empéché de se declarer: Enfin ie trouvay que comme
i'avois esté jaloux d'un homme mort, sans sçavoir si ie
le devois estre, j'estois jaloux
de mon amy, & que ie le

croyois mon rival, sans croire avoir sujet de le hayr. Il
seroit inutille de vous dire ce
que des sentimens aussi extraordinaires que les miens
me firent souffrir, & il est
aisé de se l'imaginer. Lors
que ie vis Dom Manrique,
ie luy fis des excuses de luy
avoir caché mon chagrin, sur
le sujet du Comte de Lare;
mais ie ne luy dis rien de ma
nouvelle jalousie. Je n'en dis
rien aussi à Belasire, de peur
que la connoissance qu'elle
en auroit n'achevât de l'éloigner de moy. Comme j'é-
tois tousiours persuadé qu'-

elle m'aimoit beaucoup ; ie
croyois que si ie pouvois obtenir de moy-mesme de ne
luy plus paroistre déraisonnable , elle ne m'abandonneroit
pas pour Dom Manrique ;
ainsi l'interest mesme de ma
ialousie m'obligeoit à la cacher.   Ie demanday encore
pardon à Belasire ; & ie l'as-
seuray que la raison m'estoit
entierement revenuë. Elle fut
bien-aise de me voir dans ses
sentimens ; quoy qu'elle pe-
netrât aisément , par la grande connoissance qu'elle avoit
de mon humeur, que ie n'é-
tois pas si tranquille , que ie
                              le

le voulois paroiftre.

Dom Manrique continua de la voir comme il avoit accoûtumé ; & mefme davantage à caufe de la confidence où ils eftoient enfemble de ma ialoufie. Comme Belafire avoit veu que i'avois efté offenfé qu'elle luy en euft parlé , elle ne luy en parloit plus en ma prefence ; mais quand elle s'appercevoit que i'eftois chagrin , elle s'en plaignoit avec luy , & le prioit de luy aider à me guerir. Mon mal-heur voulut que ie m'apperceuffe deux ou trois fois qu'elle avoit ceffé de parler à Dom Manri-

A a

que lors que i'eſtois entré ; iugez ce qu'une pareille choſe
pouvoit produire dans un eſprit auſſi ialoux que le mien.
Neantmoins ie voyois tant de
tendreſſe pour moy dans le
cœur de Belaſire, & il me paroiſſoit qu'elle avoit tant de
ioye lors qu'elle me voyoit l'eſprit en repos, que ie ne pouvois croire qu'elle aimaſt aſſez Dom Manrique pour eſtre
en intelligence avec luy. Ie ne
pouvois croire auſſi que Dom
Manrique , qui ne ſongeoit
qu'à empeſcher que ie ne me
broüillaſſe avec elle, ſongeaſt
à s'en faire aimer ; ie ne pou-

vois donc démêler quels sentimens il avoit pour elle , ny
quels estoient ceux qu'elle
avoit pour luy. Je ne sçavois
mesme tres-souvent quels
estoient les miens ; enfin j'é-
tois dans le plus miserable
estat où un homme ait iamais
esté. Un iour que j'estois entré
qu'elle parloit bas à Dom
Manrique, il me parut, qu'elle
ne s'estoit pas souciée, que ie
visse qu'elle luy parloit ; ie me
souvins alors qu'elle m'avoit
dit plusieurs fois, pendant que
ie la persecutois sur le sujet du
Comte de Lare , qu'elle me
donneroit de la jalousie d'un

homme vivant, pour me guerir de celle que i'avois d'un
homme mort. Je crûs que c'é-
toit pour executer cette me-
nace, qu'elle traittoit fi bien
Dom Manrique ; & qu'elle
me laiffoit voir, qu'elle avoit
des fecrets avec luy. Cette
penfée diminua le trouble où
i'eftois ; ie fus encore quelques iours fans luy en rien dire ; mais enfin ie me refolus de
luy en parler.

I'allay la trouver dans cette
intention ; & me iettant à genoux devant elle, Ie veux bien
vous avoüer, Madame, luy
dis-ie, que le deffein que vous

avez eu de me tourmenter a
reüffi. Vous m'avez donné
toute l'inquietude que vous
pouviez fouhaitter ; & vous
m'avez fait fentir , comme
vous me l'aviez promis tant de
fois , que la ialoufie qu'on a
des vivans eft plus cruelle que
celle qu'on peut avoir des
morts. Ie meritois d'eftre pu-
ny de ma folie ; mais ie ne le
fuis que trop ; & fi vous fça-
viez ce que i'ay fouffert des
chofes mefmes que i'ay crû
que vous faifiez à deffein ,
vous verriez bien, que vous
me rendrez aifément mal-
heureux quand vous le vou-

drez. Que voulez-vous dire,
Alphonse , me repartit-elle ;
vous croyez que i'ay pensé à
vous donner de la jalousie ; &
ne sçavez-vous pas que i'ay
esté trop affligée de celle que
vous avez euë mal-gré moy
pour avoir envie de vous en
donner. Ah ! Madame, luy dis-
ie, ne continuez pas davantage
à me donner de l'inquietude:
Encore une fois i'ay assez
souffert ; & quoy que j'aye
bien veu que la maniere dont
vous vivez auec Dom Man-
rique, n'estoit que pour executer les menaces que vous
m'aviez faites, ie n'ay pas lais-

sé d'en avoir une douleur
mortelle. Vous avez perdu
la raison, Alphonse, repliqua Belasire, ou vous voulez
me tourmenter à dessein,
comme vous dites que ie vous
tourmente. Vous ne me persuaderez pas, que vous puissiez croire que j'aye pensé à
vous donner de la jalousie ;
& vous ne me persuaderez
pas aussi, que vous en ayez
pû prendre. Je le voudrois,
ajoûta-t-elle, en me regardant, qu'aprés avoir esté ialoux d'vn homme mort que
ie n'ay pas aimé, vous le fussiez d'un homme vivant qui

ne m'aime pas. Quoy , Madame , luy répondif-je , vous n'avez pas eu l'intention de me rendre jaloux de Dom Manrique ? vous fuivez fimplement voftre inclination en le traittant comme vous faites ? Ce n'eft pas pour me donner du foupçon que vous avez ceffé de luy parler bas , ou que vous avez changé de difcours quand ie me fuis approché de vous ? Ah ! Madame, fi cela eft, ie fuis bien plus mal - heureux , que ie ne penfe ; & ie fuis mefme le plus mal-heureux homme du monde. Vous n'eftes pas le plus mal-heureux homme du monde, reprît Belasire ; mais vous estes le plus déraisonnable : & si ie suivois ma raison ie romprois avec vous & ie ne vous verrois de ma vie. Mais est-il possible , Alphonse , aioûta-t-elle , que vous soyez ialoux de Dom Manrique? Et comment ne le seroit-ie pas, Madame , luy dis-ie, quand ie voy que vous avez avec luy une intelligence que vous me cachez. Je vous la cache, me répondit-elle ; parce que vous vous offençastes lors que ie luy parlay de vostre bizarerie ; &

que ie n'ay pas voulu que
vous viffiez que ie luy parlois encore de vos chagrins,
& de la peine que i'en
fouffre. Quoy Madame ,
repris - je, vous vous plaignez
de mon humeur à mon rival,
& vous trouvez que i'ay tort
d'eftre jaloux ! Je m'en plains
à voftre amy, repliqua-t-elle, mais non pas à voftre rival. Dom Manrique eft mon
rival , repartis - je, & ie ne
croy pas que vous puiffiez
vous deffendre de l'avoüer.
Et moy dit-elle , ie ne croy
pas que vous m'ofiez dire qu'il
le foit, fçachant comme vous

faites qu'il paſſe des iours en-
tiers à ne me parler que de
vous. Il eſt vray, luy diſ-je, que
ie ne ſoupçonne pas Dom
Manrique de travailler à me
deſtruire ; mais cela n'empé-
che pas, qu'il ne vous aime :
Ie croy meſme qu'il ne vous
le dit pas encore ; mais de la
maniere dont vous le traitez,
il vous le dira bien-toſt , &
les eſperances que voſtre procedé luy donne le feront
paſſer aiſément ſur les ſcru-
pules que noſtre amitié luy
donnoit. Peut-on avoir perdu la raiſon au poinct que
vous l'avez perduë , me ré-

pondit Belafire ? fongez-vous
bien à vos paroles ? Vous dîtes que Dom Manrique me
parle pour vous ; qu'il eft a-
moureux de moy ; & qu'il ne
me parle point pour luy ; où
pouvez-vous prendre des chofes fi peu vrai-femblables ?
N'eft-il pas vray, que vous
croyez, que ie vous aime, &
que vous croyez que Dom
Manrique vous aime auffi ? Il
eft vray, luy répondif-je, que
ie croy l'un & l'autre. Et fi
vous le croyez, s'écria-t-elle,
comment pouvez-vous vous
imaginer que ie vous aime,
& que i'aime Dom Manri-

que ? que Dom Manrique
m'aime , & qu'il vous aime
encore ? Alphonse, vous me
donnez un déplaisir mortel ,
de me faire connoistre le déreglement de vostre esprit ;
ie voy bien que c'est un mal
incurable ; & qu'il faudroit
qu'en me resolvant à vous
épouser , ie me resolusse en
mesme temps, à estre la plus
mal-heureuse personne du
monde. Ie vous aime asseurément beaucoup ; mais non
pas assez pour vous achepter
à ce prix : Les jalousies des
Amans ne sont que fascheuses ; mais celle des maris sont

faſcheuſes & offençantes.
Vous me faites voir ſi clairement tout ce que j'aurois à
ſouffrir , ſi ie vous avois é-
pouſé , que ie ne croy pas
que ie vous épouſe iamais :
Ie vous aime trop pour n'ê-
tre pas ſenſiblement touchée
de voir que ie ne paſſeray
pas ma vie avec vous comme
ie l'avois eſperé : laiſſez-moy
ſeule ie vous en conjure ,
vos paroles & voſtre veuë
ne feroient qu'augmenter ma
douleur.

A ces mots elle ſe leva
ſans vouloir m' entendre, &
s'en alla dans ſon cabinet

dont elle ferma la porte fans
la r'ouvrir , quelque priere
que ie luy en fiffe. Ie fus contraint de m'en aller chez moy,
fi defefperé & fi incertain de
mes fentimens , que ie m'é-
tonne que ie n'en perdis le
peu de raifon qui me reftoit.
Ie revins dés le lendemain
voir Belafire ; ie la trouvay
trifte & affligée ; elle me parla fans aigreur , & mefme a-
vec bonté ; mais fans me rien
dire qui duft me faire craindre qu'elle vouluft m'abandonner. Il me parut qu'elle
effayoit d'en prendre la refolution : comme on fe flatte

aifément, ie crus qu'elle ne
demeureroit pas dans les fentimens où ie la voyois : Ie luy
demanday pardon de mes caprices , comme i'avois defia
fait cent fois ; ie la priay de
n'en rien dire à Dom Man-
rique ; & ie la conjuray à genoux de changer de conduitte avec luy, & de ne le plus
traiter affez bien pour me
donner de l'inquietude. Ie
ne diray rien de voftre folie
à Dom Manrique , me dit-
elle. mais ie ne changeray
rien à la maniere, dont ie vis
avec luy : S'il avoit de l'a-
mour pour moy, ie ne le verrois

fois de ma vie, quand mesme vous n'en auriez pas d'inquietude : mais il n'a que de
l'amitié ; vous sçavez mesme
qu'il a de l'amour pour d'autres ; ie l'estime, ie l'aime ;
vous avez consenty que ie
l'aimasse ; il n'y a donc que de
la folie & du déreglement
dans le chagrin qu'il vous
donne : Si ie vous satisfaisois
vous seriez bien-tost pour
quelqu'autre comme vous
estes pour luy. C'est pourquoy ne vous opiniastrez pas
à me faire changer de conduitte ; car asseurément ie
n'en changeray point. Je veux

Bb

croire, luy répondis-ie , que
tout ce que vous me dîtes
eſt veritable, & que vous ne
croyez point que Dom Man-
rique vous aime : mais ie le
croy, Madame, & c'eſt aſſez:
Ie ſçay bien que vous n'avez
que de l'amitié pour luy :
mais c'eſt une ſorte d'amitié ſi tendre & ſi plaine de
confiance , d'eſtime & d'a-
gréement , que quand elle
ne pourroit iamais devenir
de l'amour , i'aurois ſujet
d'en eſtre ialoux , & de craindre qu'elle n'occupât trop vô-
tre cœur. Le refus que vous
me venez de faire de chan-

ger de conduitte avec luy,
me fait voir, que c'est avec
raison qu'il m'est redoutable.
Pour vous monstrer, me
dit-elle, que le refus que ie
vous fais ne regarde pas Dom
Manrique ; & qu'il ne regarde que vostre caprice ; c'est
que si vous me demandiez
de ne plus voir l'homme du
monde, que ie méprise le
plus, ie vous le refuserois
comme ie vous refuse de
cesser d'avoir de l'amitié pour
Dom Manrique. Je le croy,
Madame, luy répondis-je,
mais ce n'est pas de l'homme
du monde que vous mépri-

ſez le plus, que i'ay de la jalouſie ; c'eſt d'un homme,
que vous aimez aſſez pour le
préferer à mon repos. Je ne
vous ſoupçonne pas de foibleſſe & de changement ;
mais j'avouë que ie ne puis
ſouffrir qu'il y ait des ſentimens de tendreſſe dans vô-
tre cœur pour un autre que
pour moy. I'avoüe auſſi que
ie ſuis bleſſé de voir que vous
ne haïſſiez pas Dom Manrique, encore que vous con-
noiſſiez bien qu'il vous aime;
& qu'il me ſemble que ce
n'eſtoit qu'à moy ſeul, qu'é-
toit deu l'avantage de vous

avoir aimée fans eftre hay.
Ainfi, Madame, accordez-
moy ce que ie vous deman-
de, & confiderez combien
ma jaloufie eft éloignée de
vous devoir offenfer. l'ajoû-
tay à ces paroles toutes celles dont ie pûs m'avifer pour
obtenir ce que ie fouhaittois;
il me fut entierement impoffible.

Il fe paffa beaucoup de
temps pendant lequel ie devins toûjours plus ialoux de
Dom Manrique : l'eus le pouvoir fur moy de le luy cacher;
Belafire eut la fageffe de ne
luy en rien dire, & elle luy

fit croire que mon chagrin venoit encore de ma ialousie du Comte de Lare. Cependant elle ne changea point de procedé avec Dom Manrique; comme il ignoroit mes sentimens, il vécut aussi avec elle comme il avoit accoûtumé; ainsi ma ialousie ne fit qu'augmenter, & vint à un tel poinct que i'en persecutois incessamment Belasire.

Aprés que cette persecution eut duré long-temps, & que cette belle personne eut en vain essayé de me guerir de mõ caprice, on me dît pendant deux iours qu'elle se trou-

voit mal , & qu'elle n'estoit
pas mesme en estat que ie la
visse. Le troisiéme elle m'envoya querir ; ie la trouvay
fort abbatuë , & ie crus que
c'estoit sa maladie. Elle me fist
asseoir auprés d'un petit lict
sur lequel elle estoit cou-
chée; & aprés avoir demeuré
quelque momens sans parler,
Alphonse, me dit-elle, ie pense que vous voyez bien il y a
long - temps , que i'essaye de
prédre la resolution de me dé-
tacher de vous. Quelques raisons qui m'y dussent obliger,
ie ne croy pas que ie l'eusse
pû faire, si vous ne m'en eus-

siez donné la force , par les extraordinaires bizareries que vous m'avez fait paroiftre. Si ces bizareries n'avoient efté, que mediocres , & que i'euf-fe pû croire , qu'il euft efté poffible de vous en guerir par une bonne conduitte, quelque auftere qu'elle euft efté, la paffion que i'ay pour vous me l'euft fait embraffer avec joye : Mais comme ie voy que le déreglement de voftre efprit eft fans remede, & que lors que vous ne trou-vez point de fujets de vous tourmenter , vous vous en faites fur des chofes qui n'ont

iamais efté , & fur d'autres
qui ne feront iamais ; ie fuis
contrainte pour voftre repos
& pour le mien , de vous apprendre que ie fuis abfolu-
ment refoluë de rompre avec
vous , & de ne vous point
époufer. Je vous dis encore
dans ce moment , qui fera le
dernier que nous aurons de
converfation particuliere, que
ie n'ay iamais eu d'inclination pour perfonne que
pour vous, & que vous feul
eftiez capable de me donner
de la paffion. Mais puifque
vous m'avez confirmée dans
l'opinion , que i'avois qu'on

ne peut estre heureux en ai-
mant quelqu'un , vous que
i'ay trouvé le seul homme digne d'estre aimé , soyez persuadé que ie n'aimeray personne , & que les impressions
que vous avez faites dans mon
cœur sont les seules qu'il a-
voit receuës , & les seules
qu'il recevra iamais. Je ne
veux pas mesme que vous
puissiez penser, que i'aye trop
d'amitié pour Dom Manri-
que ; ie n'ay refusé de changer de conduitte avec luy ,
que pour voir si la raison ne
vous reviendroit point , &
pour me donner lieu de me

redonner à vous fi. j'euſſe
connu que voſtre eſprit euſt
eſté capable de ſe guerir. Je
n'ay pas eſté aſſez heureuſe ;
c'eſtoit la ſeule raiſon , qui
m'a empéchée de vous ſatis-
faire : Cette raiſon eſt ceſſée ;
ie vous ſacrifie Dom Man-
rique ; ie viens de le prier de
ne me voir iamais ; ie vous
demande pardon de luy avoir
découvert voſtre ialouſie ;
mais ie ne pouvois faire autrement ; & noſtre rupture
la luy auroit toûjours appri-
ſe. Mon Pere arriva hier au
ſoir ; ie luy ay dit ma reſolution ; il eſt allé à ma priere

l'apprendre au voſtre;ainſi,Al-
phonſe, ne ſongez point à me
faire changer; i'ay fait ce qui
pouvoit confirmer mõ deſſein
devant que de vous le declarer; i'ay retarday autant que
i'ay pû;& peut-eſtre plus pour
l'amour de moy, quepour l'a-
mour de vous ; croyez que
perſonne ne ſera iamais ſi
uniquement ny ſi fidellement
aimé que vous l'avez eſté.

Ie ne ſçay ſi Belaſire continua de parler : mais comme mon ſaiſiſſement avoit
eſté ſi grand d'abord qu'elle
avoit commencé , qu'il m'a-
voit eſté impoſſible de l'in-

terrompre , les forces me
manquerent aux dernieres paroles que ie vous viens de
dire; Ie m'évanoüis, & ie ne
ſçay ce que fit Belaſire ny ſes
gens ; mais quand ie revins
ie me trouvay dans mon lict,
& Dom Manrique auprés de
moy , avec toutes les actions
d'un homme auſſi deſeſperé
que ie l'eſtois.

Lors que tout le monde
ſe fut retiré, il n'oublia rien
pour ſe juſtifier des ſoupçons
que j'avois de luy , & pour
me témoigner ſon deſeſpoir
d'eſtre la cauſe innocente de
mon mal-heur. Comme il

m'aimoit fort, il eſtoit en effet extraordinairement touché de l'eſtat où j'eſtois. Ie
tombay malade, & ma ma-
ladie fuſt violente; ie connus
bien alors mais trop tard les
injuſtices que j'avois faites à
mon amy; ie le conjuray de
me les pardonner & de voir
Belaſire, pour luy demander
pardon de ma part, & pour
tâcher de la flêchir. Dom
Manrique alla chez elle; on
luy dît qu'on ne pouvoit
la voir; il y retourna tous les
iours pendant que ie fus malade; mais auſſi inutilement.
I'y allay moy-meſme ſi-toſt

que ie pûs marcher ; On me
dît la mesme chose ; & à la
seconde fois que i'y retournay, une de ses femmes me
vint dire de sa part, que ie
n'y allasse plus, & qu'elle ne
me verroit pas. Ie pensay
mourrir lors que ie me vis sans
esperance de voir Belasire ; i'a-
vois tousiours crû que cette grande inclination, qu'elle
avoit pour moy, la feroit revenir, si ie luy parlois ; mais
voyant qu'elle ne me vouloit
point parler ie n'esperay
plus ; & il faut avoüer que
de n'esperer plus de posseder Belasire, estoit une cruel-

le chofe pour un homme qui
s'en eftoit vû fi proche , &
qui l'aimoit fi éperduëment.
Ie cherchay tous les moyens
de la voir ; elle m'évitoit avec
tant de foin , & faifoit vne
vie fi retirée qu'il m'eftoit ab-
folument impoffible.

Toute ma confolation é-
toit d'aller paffer la nuict fous
fes feneftres ; ie n'avois pas
mefme le plaifir de les voir
ouvertes. Ie crus un iour les
auoir entenduës ouvrir dans
le temps que ie m'en eftois
allé ; le lendemain ie crus encore la mefme chofe ; enfin
ie me flattay de la penfée que
Belafire

Belasire me vouloit voir sans
que ie la visse ; & qu'elle se
mettoit à sa fenestre lors qu'-
elle entendoit que je me
retirois. Ie resolus de faire
semblant de m'en aller à
l'heure que i'avois accoustumé , & de retourner brus-
quement sur mes pas , pour
voir si elle ne paroistroit point.
Ie fis ce que i'avois resolu;
l'allay jusques au bout de la
ruë comme si ie me fusse retiré ; i'entendis distincte-
ment ouvrir la fenestre ; ie
retournay en diligence ; ie
crus entrevoir Belasire; mais
en m'approchant ie vis un

homme qui se rangeoit proche de la muraille au deſſous
de la feneſtre , comme un
homme qui avoit deſſein de
ſe cacher. Ie ne ſçay comment malgré l'obſcurité de la
nuict , ie crus reconnoiſtre
Dom Manrique : cette pen-
ſée me troubla l'eſprit; ie m'i-
maginay que Belaſire l'aimoit; qu'il eſtoit là pour luy
parler; qu'elle ouvroit ſes feneſtres pour luy ; ie crus enfin que c'eſtoit Dom Manrique , qui m'oſtoit Belaſire.
Dans le tranſport qui me ſai-
ſit , ie mis l'épée à la main;
nous commençâmes à nous

battre avec beaucoup d'ardeur;ie sentis que ie l'avois blef-
sé en deux endroits ; mais il se
deffendoit toûjours. Au bruit
de nos épées ou par les ordres
de Belasire,on sortit de chez elle pour nous venir separer.
Dom Manrique me reconnut
à la lueur des flambeaux : il re-
cula quelques pas;ie m'avançay
pour arracher son épée ; mais
il la baissa, & me dit d'une voix
foible. Est-ce vous, Alphonse ; & est-il possible que j'aye
esté assez mal-heureux pour
me battre contre vous. Oüy
traistre luy dif-je, & c'est
moy qui t'arracheray la vie ;

puifque tu m'oftes Belafire,
& que tu paffes les nuicts à
fes feneftres pendant qu'elles
me font fermées. Dom Man-
rique, qui eftoit appuyé contre une muraille, & que quelques perfonnes fouftenoient,
parce qu'on voyoit bien qu'il
n'en pouvoit plus, me regarda avec des yeux trempez de
larmes : Ie fuis bien mal-heureux, me dit-il, de vous donner toûjours de l'inquietude :
la cruauté de ma deftinée me
confole de la perte de la vie
que vous m'oftez. Ie me
meurs, adjoûta-t-il, & l'eftat
où ie fuis vous doit perfua-

der de la verité de mes paroles. Je vous jure que ie n'ay
iamais eu de penfée pour Belafire, qui vous ait pû déplaire ; l'amour que i'ay pour une
autre, & que ie ne vous ay
pas caché, m'a fait fortir cette nuict ; i'ay cru eftre épié ;
i'ay cru eftre fuivy ; i'ay marché fort vifte ; i'ay tourné
dans plufieurs ruës ; enfin,
ie me fuis arrefté où vous m'a-
vez trouvé, fans fçavoir que
ce fuft le logis de Belafire.
Voilà la verité, mon cher Alphonfe, ie vous conjure de ne
vous affliger pas de ma mort ;
ie vous la pardonne de tout

mon cœur, continua-t-il, me tendant les bras pour m'embraſſer. Alors les forces luy manquerent, & il tomba ſur les perſonnes qui le ſouſtenoient.

Les paroles, Seigneur, ne peuvent repreſenter ce que ie devins, & la rage où ie fus contre moy-meſme, ie voulus vingt fois me paſſer mon épée au travers du corps ; & ſur tout lors que ie vis expirer Dom Manrique. On m'oſta d'auprés de luy : Le Comte de Guevarre pere de Belaſire, qui eſtoit ſorty au nom de Dom Manrique

& au mien, me conduisit chez moy ; & me remit entre les mains de mon Pere. On ne me quittoit point à cause du desespoir où i'estois; mais le soin de me garder auroit esté inutile, si ma religion m'eust laissé la liberté de m'oster la vie. La douleur que ie sçavois, que recevoit Belasire de l'accident qui estoit arrivé pour elle ; & le bruit qu'il faisoit dans la Cour, achevoit de me desesperer, quand ie pensois que tout le mal qu'elle souffroit, & tout celuy dont i'étois accablé, n'estoit arrivé

que par ma faute, i'eſtois dans
une fureur qui ne peut eſtre
imaginée. Le Comte de
Guevarre qui avoit conſervé
beaucoup d'amitié pour moy
me venoit voir tres-ſouvent;
& pardonnoit à la paſſion
que i'avois pour ſa fille l'é-
clat que i'avois fait. I'appris
par luy qu'elle eſtoit inconſo-
lable; & que ſa douleur paſſoit
les bornes de la raiſon. Ie
connoiſſois aſſez ſon humeur,
& ſa delicateſſe ſur ſa reputation, pour ſçavoir ſans qu'on
me le dît tout ce qu'elle pouvoit ſentir dans une ſi faſ-
cheuſe aventure. Quelques

iours aprés cét accident on me dist qu'un Escuyer de Belasire demandoit à me parler de sa part ; ie fus transporté au nom de Belasire qui m'étoit si cher ; ie fis entrer celuy qui me demandoit ; il me donna une lettre où ie trouvay ces paroles.

LETTRE
DE
BELASIRE
A
ALPHONSE.

NOstre *separation m'avoit rendu le monde si insuportable, que je ne pou-*

vois plus y vivre avec plaisir ; & l'accident qui vient
d'arriver blesse si fort ma reputation , que ie ne puis y
demeurer avec honneur. Ie
vais me retirer dans un lieu,
où ie n'auray point la honte
de voir les divers jugemens
qu'on fait de moy : Ceux que
vous en avez faits ont causé
tous mes mal-heurs : Cependant ie n'ay pû me resoudre
à partir sans vous dire adieu,
& sans vous auoüer, que ie
vous aime encore , quelque
déraisonnable que vous soyez.
Ce sera tout ce que j'auray à
sacrifier à Dieu en me don-

nant à luy, que l'attachement
que i'ay pour vous, & le
souvenir de celuy que vous
avez eu pour moy. La vie
austère que ie vais entreprendre me paroistra douce :
On ne peut trouver rien de fas-
cheux quand on a esprouvé
la douleur de s'arracher à ce
qui nous aime; & à ce qu'on
aimoit plus que toutes choses.
Ie veux bien vous auoüer encore, que le seul party que ie
prends, me pouvoit mettre en
seureté contre l'inclination, que
i'ay pour vous; & que depuis
nostre separation vous n'estes
jamais venu dans ce lieu, où

vous avez fait tant de defor-
dre, que je n'aye esté preste à
vous parler, & à vous dire que
ie ne pouvois vivre sans vous.
Ie ne sçay mesme, si ie ne vous
l'aurois point dit, le soir que
vous attaquastes Dom Manrique, & que vous me donnâtes
de nouvelles marques de ces
soupçons, qui ont fait tous nos
mal-heurs. Adieu, Alphonse,
souvenez-vous quelquefois de
moy, & souhaittez pour mon
repos, que ie ne me souvien-
ne jamais de vous.

Il ne manquoit plus à mon
mal-heur que d'apprendre,

que Belafire m'aimoit encore; qu'elle fe fuft peut-eftre
redonnée à moy fans le dernier effet de mon extrava-
gance; & que le mefme ac-
cident qui m'avoit fait tuer
mon meilleur amy me faifoit
perdre ma maiftreffe, & la
contraignoit de fe rendre mal-
heureufe pour tout le refte
de fa vie.

Je demanday à celuy qui
m'avoit apporté cette lettre
où eftoit Belafire; il me dit
qu'il l'avoit conduitte dans
un monaftere de Religieufes
fort aufteres, qui eftoient venuës de France depuis peu;

qu'en y entrant , elle luy a-
voit donné une lettre pour
son Pere, & une autre pour
moy. Ie courus à ce mona-
stere, ie demanday à la voir,
mais inutilement. Ie trouvay
le Comte de Guevarre qui
en sortoit , toute son authorité , & toutes ses prieres a-
voient esté inutiles pour la
faire changer de resolution.
Elle prist l'habit quelque-
temps aprés. Pendant l'année qu'elle pouvoit encore
sortir , son Pere & moy fis-
mes tous nos efforts pour l'y
obliger ; ie ne voulus point
quitter la Navarre ; comme

i'en avois fait le deſſein , que
ie n'euſſe entierement perdu
l'eſperance de revoir Belaſire : Mais le iour que ie ſçeus
qu'elle eſtoit engagée pour
iamais ; ie partis ſans rien dire. Mon Pere eſtoit mort ;
& ie n'avois perſonne qui me
puſt retenir. Ie m'en vins
en Catalogne , dans le deſſein
de m'embarquer , & d'aller
finir mes iours dans les de-
ſerts de l'Affrique. Ie cou-
chay par hazard dans cette
maiſon ; elle me plût ; ie la
trouvay ſolitaire, & telle que
ie la pouvois deſirer. Ie l'a-
chetay ; j'y meine depuis cinq

ans une vie aussi triste , que doit faire un homme , qui a tué son amy , qui a rendu mal-heureuse la plus estimable personne du monde , & qui a perdu par sa faute le plaisir de passer sa vie avec elle. Croirez-vous encore , Seigneur , que vos mal-heurs soiët comparables aux miens.

Alphonse se tut à ces mots, & il parut si accablé de tristesse, par le renouvellement de douleur que luy apportoit le souvenir de ses malheurs, que Consalve crut plusieurs fois qu'il alloit expirer.

rer. Il luy dit tout ce qu'il crût capable de luy donner quelque confolation ; mais il ne pût s'empefcher d'avoüer en luy-mefme que les malheurs qu'il venoit d'entendre pouvoient au moins entrer en comparaifon avec ceux qu'il avoit foufferts.

Cependant la douleur qu'il fentoit de la perte de Zayde, augmentoit tous les iours ; il dit à Alphonfe, qu'il vouloit fortir de l'Efpagne ; & aller fervir l'Empereur, dans la guerre qu'il avoit contre les Sarrafins, qui s'eftant rendus maiftres de la Sicile faifoient de continuelles courſes en Italie. Alphonſe fut ſenſiblement touché de cette reſolution ; Il fiſt tous ſes efforts pour l'en deſtourner ; mais ſes efforts furent inutiles.

L'inquietude que donne l'amour ne pouvoit laiſſer Conſalve dans cette ſolitude; & il eſtoit preſſé d'en ſortir par une ſecrette eſperance, qu'il ne connoiſſoit pas luy-meſme, de pouvoir retrouver Zayde. Il reſolut donc de partir & de quitter Alphonſe : Il n'y euſt iamais une plus triſte ſeparation ; ils parlerent de tous les mal-heurs de

leur vie ; ils y ajousterent celuy de ne se plus voir ; &
aprés s'estre promis de se donner de leurs nouvelles , Alphonse demeura dans sa solitude , & Consalve s'en alla
coucher à Tortose.

Il se logea proche d'une
maison dont les jardins faisoient une des plus grandes
beautez de la Ville ; il se pro-
mena tout le soir , & mesme
pendant une partie de la nuit
sur les bords de l'Ebre. S'é-
tant lassé de se promener , il
s'assit au pied d'une terrasse
de ces beaux jardins : elle é-
toit si basse , qu'il entendit

D d ij

parler des personnes qui s'y promenoient: Ce bruit ne le détourna pas d'abord de sa rêverie ; mais enfin, il en fust détourné par un son de voix qui luy parut semblable à celuy de Zayde, & qui luy donna malgré luy de l'attention & de la curiosité. Il se leva pour estre plus proche du haut de la terrasse ; d'abord il n'entendit rien , parce que l'allée où se promenoient ces personnes finissoit au bord de la terrasse, où il estoit ; & que lors qu'elles estoient à ce bord elles retournoient sur leurs pas, & s'éloignoient de luy. Il

demeura au mesme lieu, pour
voir si elles ne reviendroient
point : Elles revinrent comme il l'avoit esperé ; & il entendit cette mesme voix qui
l'avoit surpris. Il y a trop
d'opposition, disoit-elle, dans
les choses, qui pourroient
faire mon bon-heur : Ie ne
puis esperer d'estre heureuse ;
mais ie serois moins à plaindre si j'avois pû luy faire connoistre mes sentimens, & si
j'estois asseuré des siens. A-
prés ces paroles, Consalve
n'en entendit plus de bien di-
stinctes ; parce que celle qui
parloit commençoit à s'éloi-

gner: Elle revint une seconde fois parlant encore. Il est
vray, difoit-elle, que le pouvoir des premieres inclinations, peut excufer celle que
i'ay laiffée naiftre dans mon
cœur ; mais quel bizare effet
du hazard, s'il arrive que cette inclination, qui femble
s'accorder avec ma deftinée,
ne ferve peut-eftre quelque
iour qu'à me l'a faire fuivre
avec douleur. Ce fut tout
ce que Confalve put entendre : La grande reffemblance
de cette voix avec celle de
Zayde luy caufa de l'eftonnement ; & peut-eftre auroit-

il soupçonné, que c'estoit elle-mesme ; sans que cette personne parloit Espagnol. Quoy
qu'il eust trouvé quelque
chose d'estranger dans l'ac-
cent, il n'y fist pas de reflexion, parce qu'il estoit dans
une extremité de l'Espagne,
où l'on ne parle pas comme
en Castille. Il eut seulement
pitié de celle qui avoit parlé ;
& ses paroles luy firent iuger
qu'il y avoit quelque chose
d'extraordinaire dans sa fortune.

Le lendemain il partit de
Tortose pour s'aller embarquer ; aprés avoir marché

quelque temps, il vid au milieu de l'Ebre , une barque
fort ornée , couverte d'un
pavillon magnifique , relevé
de tous les coſtez , & deſſous pluſieurs femmes , parmy leſquelles il reconnut Zayde. Elle eſtoit debout comme pour mieux voir la beauté de la riviere ; & il paroiſſoit neantmoins qu'elle rêvoit
profondément. Il faudroit
comme Conſalve avoir per-
du une Maiſtreſſe ſans eſperance de la revoir, pour pouvoir exprimer ce qu'il ſentit
en revoyant Zayde. Sa ſurpriſe & ſa ioye furent ſi gran-

des, qu'il ne sçavoit où il é-
toit ny ce qu'il voyoit : Il la
regardoit attentivement , &
reconnoissant tous ses traits
il craignoit de se méprendre.
Il ne pouvoit s'imaginer ,
que cette personne dont il
se croyoit separé par tant de
mers, ne le fust que par une
riviere. Il vouloit pourtant
aller à elle ; il vouloit luy parler ; il vouloit qu'elle le vist ;
il craignoit de luy déplaire ;
& n'osoit se faire remarquer
ny témoigner sa ioye devant
ceux qui estoient avec elle.
Un bon-heur si impréveu, &
tant de pensées differentes,

ne luy laiſſoient pas la liberté de prendre une reſolution ;
mais enfin aprés' s'eſtre un
peu remis , & s'eſtre aſſeuré
qu'il ne ſe trompoit pas , il
ſe determina à ne ſe point faire connoiſtre à Zayde ; & à
ſuivre ſa barque juſques au
Port. Il eſpera d'y trouver
quelque moyen de par-
ler à elle en particulier ; il
crut qu'il apprendroit le lieu
de ſa naiſſance , & celuy où
elle alloit ; il s'imagina meſmes qu'il pourroit iuger en
voyant ceux qui eſtoient dans
la barque, ſi ce rival à qui il
croyoit reſſembler eſtoit avec

elle : Enfin il pensa qu'il alloit sortir de toutes ses incertitudes , & qu'il pourroit au
moins témoigner à Zayde
l'amour qu'il avoit pour elle.
Il eust bien souhaitté que ses
yeux eussent esté tournez de
son costé ; mais elle rêvoit si
profondément, que ses re-
gards demeuroient tousiours
attachez sur la riviere. Au
milieu de sa joye il se souvint de la personne qu'il a-
voit entenduë dans le jardin
de Tortose; & quoy qu'elle
eust parlé Espagnol , l'ac-
cent estranger qu'il avoit remarqué, & la veuë de Zay-

de si proche de ce mesme
lieu luy fit croire , que ce
pouvoit estre elle-mesme.
Cette pensée troubla le plaisir qu'il avoit de la revoir, il se
souvint de ce qu'il luy avoit
oüy dire d'une premiere inclination ; & quelque disposition qu'on aye à se flatter, il
estoit trop persuadé que Zayde avoit pleuré un Amant
qu'elle aimoit , pour croire
qu'il pust prendre part à cette premiere inclination. Mais
les autres paroles , qu'elle a-
voit dîtes & qu'il avoit rete-
nuës luy laissoient de l'esperance. Il s'imaginoit qu'il n'é-

toit pas impoſſible, qu'il n'y
euſt quelque choſe d'avantageux pour luy ; il revint en-
ſuitte à douter que ce fuſt
Zayde qu'il euſt entenduë, &
il trouvoit peu d'apparence
qu'elle euſt appris l'Eſpagnol
en ſi peu de temps.

Le trouble que luy cau-
ſoient ſes incertitudes ſe diſ-
ſipa ; il s'abandonna enfin à
la joye, d'avoir retrouvé Zayde ; & ſans penſer davantage
s'il eſtoit aimé, ou s'il ne l'é-
toit pas, il penſa ſeulement
au plaiſir qu'il alloit avoir d'ê-
tre encore regardé par ſes
beaux yeux. Cependant il

marchoit toûjours le long de
la riviere en suivant la barque ; & quoy qu'il allaſt aſſez viſte , des gens à cheval
qui venoient derriere luy le
paſſerent. Il ſe détourna de
quelques pas pour empécher,
qu'ils ne le viſſent ; mais comme il y en avoit un qui venoit ſeul un peu aprés les autres , la curioſité d'apprendre quelque choſe de Zayde,
luy fit oublier le ſoin de ne ſe
pas faire voir ; & il demanda
à ce Cavalier , s'il ne ſçavoit
point qui eſtoient ces perſonnes qu'il voyoit dans cette
barque. Ce ſont , luy répon-

dit-il, des personnes confiderables parmy les Maures,
qui sont à Tortose, il y a déja quelques jours ; & qui s'en
vont prendre un grand vaisseau pour s'en retourner en
leur païs. En parlant ainsi,
il regarda Consalve avec beaucoup d'attention, & prist le
galop pour rejoindre ses com-
pagnons. Consalve demeu-
ra fort surpris de ce qu'il venoit d'apprendre, & il ne
douta plus, puisque Zayde
avoit couché à Tortose, que
ce ne fust elle-mesme, qu'il
eut entenduë parler dans ce
jardin. Un tour que la rivie-

re faisoit en cét endroit , &
un chemin escarpé , qui se
trouva sur le bord, luy fit
perdre la veuë de Zayde:
Dans ce mesme moment tous
ces hommes à cheval qui l'a-
voient passé revinrent à luy;
il ne douta point alors qu'il
ne l'eussent reconnu; il voulut
se détourner , mais ils l'envi-
ronnerent d'une maniere, qui
luy fit voir qu'il ne pouvoit
les éviter. Il reconnut celuy
qui estoit à leur teste , pour
Oliban un des principaux
Officiers de la garde du Prince de Leon ; & il eut une
douleur sensible de voir qu'il
                                le

le reconnoissoit aussi. Sa douleur augmenta de beaucoup
lors que cét Officier luy dît,
qu'il y avoit plusieurs jours
qu'il le cherchoit ; & qu'il a-
voit ordre du Prince de le
conduire à la Cour. Quoy,
s'écria Consalve, le Prince
n'est pas content du traitte-
ment qu'il m'a fait, il veut
encore m'oster la liberté! C'est
le seul bien qui me reste, &
ie periray plûtost que de souffrir qu'on me ravisse. A ces
mots il mist l'épée à la main ;
& sans considerer le nombre
de ceux qui l'environnoient,
il les attaqua avec une valeur

fi extraordinaire, que deux
ou trois eftoient defia hors de
combat, avant qu'il leur euft
donné le loifir de fe recon-
noiftre. Oliban commanda
aux gardes de ne penfer qu'à
l'arrefter & de conferver fa vie.
Ils luy obeïffoient avec peine,
& Confalve fondoit fur eux
avec tant de furie, qu'ils ne
pouvoient plus fe deffendre
fans l'attaquer. Enfin leur
Chef eftonné des actions in-
croyables de Confalve, &
craignant de ne pouvoir executer l'ordre du Prince de
Leon, mift pied à terre, &
tua d'un coup d'épée le che-

val de Confalve. Ce che-
val en tombant embaraffa tellement fon maiftre dans fa
cheute, qu'il luy fut impoffible de fe dégager : Son
épée fe rompit ; tous ceux
qui l'attaquoient l'environ-
nerent ; & Oliban luy répre-
fenta avec beaucoup de civilité, le grand nombre qu'ils
eftoient contre luy feul, &
l'impoffibilité de ne pas obeir.
Confalve ne le voyoit que
trop ; mais il trouvoit un fi
grand mal-heur d'eftre conduit à Leon, qu'il ne pouvoit s'y refoudre. Zayde qu'il
venoit de retrouver, & qu'il

alloit perdre, estoit le comble
de son desespoir ; & il parut
en un si estrange estat, que
l'Officier de Dom Garcie
s'imagina que la pensée des
mauvais traittemens qu'il attendoit de ce Prince , luy
donnoit cette grande repugnance à l'aller trouver. Il
faut , Seigneur , luy dit-il,
que vous ignoriez ce qui s'est
passé à Leon depuis quelque
temps , pour craindre autant
que vous le faites d'y retourner. J'ignore toutes choses,
répondit Consalve , ie sçay
seulement, que vous me feriez plus de plaisir de m'ô-

ter la vie que de me conduire au Prince de Leon. Je vous
en dirois davantage, repliqua Oliban, si ce Prince ne
me l'avoit expressément dé-
fendu ; mais ie me contente
de vous asseurer, que vous
n'avez rien à craindre. I'espere, répondit Consalve,
que la douleur d'estre conduit à Leon m'empeschera
d'y arriver en estat de satisfaire la cruauté de Dom Garcie. Comme il achevoit ces
paroles il revît la barque de
Zayde ; mais il ne vid plus
son visage : Elle estoit assise
& tournée du costé opposé

au fien. Quelle deftinée que
la mienne, dit-il en luy-mefme? Je perds Zayde dans le
mefme moment que ie la re-
trouve. Quand ie la voyois,
& que ie luy parlois dans la
maifon d'Alphonfe, elle ne
pouvoit m'entendre : Lors
que ie l'ay rencontrée à Tortofe, & que j'en pouvois eftre
entendu, ie ne l'ay pas reçon-
nuë; & maintenant que ie la
voy, que ie la reconnois, &
qu'elle pourroit m'entendre,
ie ne fçaurois luy parler, &
ie n'efpere plus de la revoir.
Il demeura quelque temps
dans ces diverfes penfées, puis

tout à coup se tournant vers
ceux qui le conduisoient ; Je
ne croy pas , leur dit-il , que
vous craigniez que ie vous
puisse échapper : Je vous demande la grace de me laisser
approcher du bord de la riviere , pour parler pendant
quelques momens à des personnes que ie vois dans cette
barque. Je suis tres-fasché ,
luy répondit Oliban , d'avoir
des ordres contraires à ce que
vous desirez ; mais il m'est
deffendu de vous laisser parler à qui que ce soit ; & vous
me permettrez d'executer ce
qui m'a esté ordonné. Con-

salve sentit si vivement ce refus, que cét Officier qui remarqua la violence de ses sentimens , & qui craignit qu'il n'appellât à son secours ceux qui estoient dans la barque, ordonna à ses gens de l'éloigner de la riviere. Ils s'en éloignerent à l'heure mesme, & conduisirent Consalve au lieu le plus commode pour passer la nuict. Le lendemain ils prirent le chemin de Leon , & marcherent avec tant de diligence, qu'ils y arriverent en peu de jours. Oliban envoya un des siens avertir le Prince de leur arrivée,

rivée, & attendit son retour
à deux cens pas de la Ville:
Celuy qu'il avoit envoyé ap-
porta l'ordre de conduire
Consalve dans le Palais, par
un chemin détourné, & de
le faire entrer dans le cabinet
de Dom Garcie. Consalve
estoit si affligé, qu'il se laissoit
conduire sans demander seulement en quel lieu on le
vouloit mener.

*Fin de la premiere Partie
de Zayde.*

Ff

Extraict du Priuilege du Roy.

PAR grace & Privilege du Roy, donné
à Paris le 8. Octobre 1669. Signé,
D'ALANCE' : Il est permis au sieur de SE-
GRAIS de l'Academie Françoise, de faire imprimer, vendre & debiter par tel Libraire
& Imprimeur qu'il voudra choisir : *Zayde,
Histoire Espagnole*, & ce pendant le temps
de *sept années*, à compter du iour qu'elle sera
achevée d'imprimer pour la premiere fois:
Et deffenses sont faites à toutes autres personnes que celles à qui il aura cedé ledit Privilege, d'en vendre, distribuer, apporter ou
faire apporter de contrefaits, sous les peines
portées par ledit Privilege.

Le sieur de Segrais a cedé son droict de Privilege pour cette premiere Partie de Zayde, à Clau-
de Barbin Libraire, pour en jouïr suivant l'accord fait entr'eux.

Regiistré sur le Livre de la Communauté des
Marchands Libraires & Imprimeurs de cette Ville de Paris, suivant & conformement à l'Arrest de
la Cour de Parlement du 8. Avril 1653. aux charges
& conditions portées par le present Privilege.
Fait à Paris, ce 14. Octobre 1669.
A. SOVBRON, Syndic.

Achevé d'imprimer pour la premiere fois le 20. No-
vembre 1669.

Les Exemplaires ont esté fournis, ainsi qu'il est
porté par le Privilege.

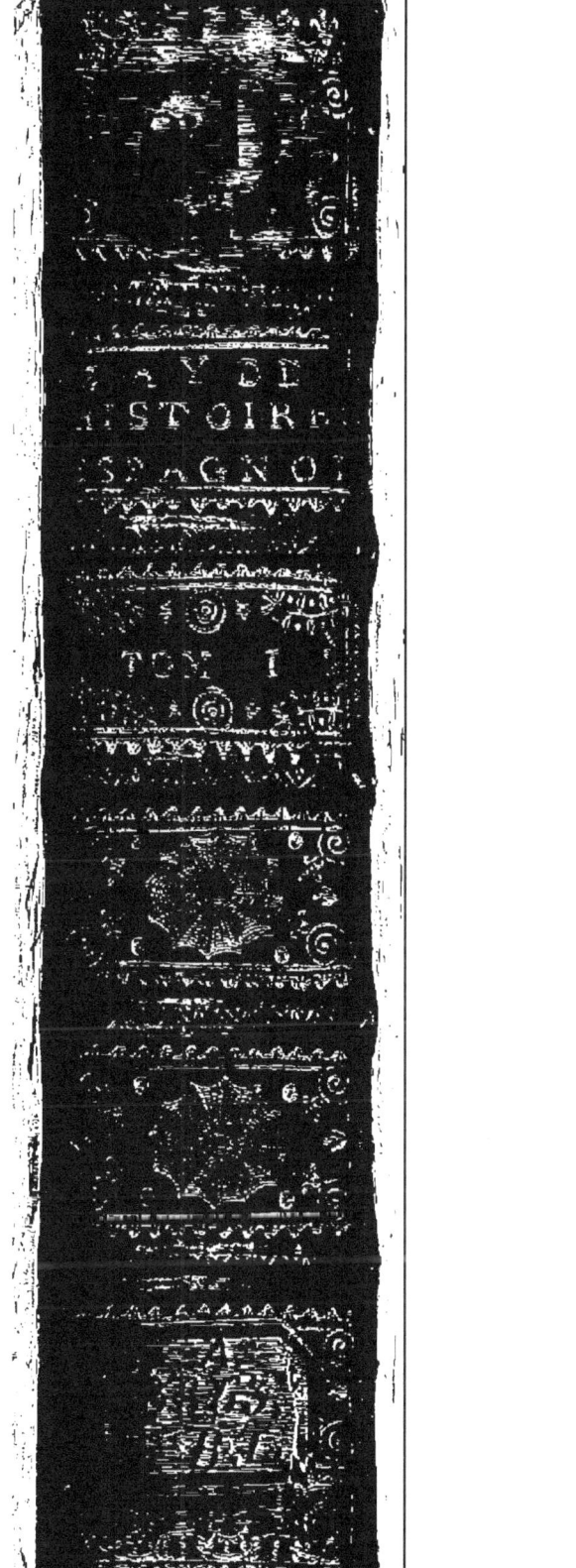